그 사랑 놓치지 마라

그 사랑 놓치지 마라

수도원에서
보내는
마음의 시 산문

이해인

마음산책

그 사랑 놓치지 마라

1판 1쇄 발행 2019년 11월 25일
1판 17쇄 발행 2024년 8월 10일

지은이 | 이해인
펴낸이 | 정은숙
펴낸곳 | 마음산책

등록 | 2000년 7월 28일(제2000-000237호)
주소 | (우 04043) 서울시 마포구 잔다리로3안길 20
전화 | 대표 362-1452 편집 362-1451   팩스 | 362-1455
홈페이지 | www.maumsan.com
블로그 | blog.naver.com/maumsanchaek
트위터 | twitter.com/maumsanchaek
페이스북 | facebook.com/maumsan
인스타그램 | instagram.com/maumsanchaek
전자우편 | maum@maumsan.com

ISBN 978-89-6090-599-3 03810

* 책값은 뒤표지에 있습니다.

바로 앞의 내 마음
바로 앞의 그 사람
놓치지 말자
보내지 말자

상상 속에 있는 것은
언제나 멀어서
아름답지

그러나 내가
오늘도 가까이
안아야 할 행복은

바로 앞의 산
바로 앞의 바다
바로 앞의 내 마음
바로 앞의 그 사람

놓치지 말자
보내지 말자

—이해인, 「가까운 행복」 『작은 기쁨』에서

　살아갈수록 오늘 하루 한 순간이 소중합니다. 힘들더라도 조금씩 더 인내하고 감사하며 살아내는 모든 순간이 결국 신께 드리는 하나의 기도이자 이웃에게 바치는 러브레터가 아닌가 합니다.

제가 좋아하는 『단순한 기쁨』의 저자 아베 피에르 신부님의 '삶이란 사랑하기 위해 주어진 얼마간의 자유 시간'이란 말을 부쩍 자주 기억하게 되는 요즘입니다. 우리가 지상에서 서로를 챙겨주고 사랑할 시간은 생각보다 길지 않다는 것을, 친지들의 갑작스러운 죽음을 보면서 다시금 알게 됩니다.

여기 2017년 출간된 『기다리는 행복』 이후에 썼던 저의 새로운 글들을 모아 또 하나의 러브레터로 드립니다. 지난 세월 그리고 지금도 멀리서 가까이서 함께해주시는 독자분들께 깊이 감사하며, 윌리엄 블레이크의 시 「순수의 전조」 서두를 함께 읽고 싶습니다.

한 알의 모래에서 우주를 보며
한 송이 들꽃에서 천국을 보라
그대 손바닥 안에 무한을 쥐고
한 순간 속에서 영원을 보라

처음엔 부탁을 받고 시작한 일이었지만 제가 쓴 시들을 다시 읽으며 약간의 설명을 곁들이다 보니 묵은 김치를 먹는 것처럼 잘 익은 그리움이 되살아나고 일생이 정리되는 기쁨을 맛보았습니다.

저와 오늘도 차 한잔 나누는 마음으로, 사랑으로 읽어주
시면 고맙겠습니다.

2019년 11월
부산 광안리 성 베네딕도 수녀원에서
동백꽃 필 무렵 이해인 수녀

차 례

기쁨을 전하는 나비

나무에게 받은 위로

익어가는 삶

수도원에서 보내는 편지

그 사랑 놓치지 마라

우리가 지상에서
서로를 챙겨주고 사랑할 시간은
생각보다 길지 않다는 것을
다시금 알게 됩니다

일러두기

1. 이 책에 실린 시는 모두 이해인 수녀의 작품으로 전문 수록을 원칙으로 삼았
   으나 부분 인용의 경우에는 따로 표기했다.
2. 다른 작가의 작품을 인용한 경우에는 출전을 밝혔으며 저작권자의 동의를
   구했다. 다만 저작권자와 연락이 닿지 않았던 곳은 닿는 대로 절차를 밟을
   것이다.

희망 다짐

희망 다짐

하얀 눈을 천상의 시詩처럼 이고 섰는
겨울나무 속에서 빛나는 당신
일월의 찬물로 세수를 하고
새벽마다 당신을 맞습니다

답답하고 목마를 때 깎아 먹는
한 조각 무 맛 같은 신선함

당신은 내게
잃었던 꿈을 찾아줍니다
다정한 눈길을 주지 못한 나의 일상日常에
새 옷을 입혀줍니다

남이 내게 준 고통과 근심
내가 만든 한숨과 눈물 속에도
당신은 조용한 노래로 숨어 있고
"새해 복 많이 받으세요"라는
우리의 인사말 속에서도 당신은
하얀 치아를 드러내며 웃고 있습니다

내가 살아 있음으로
또다시 당신을 맞는 기쁨

종종 나의 불신과 고집으로
당신에게 충실치 못했음을 용서하세요

새해엔 더욱 청청한 마음으로
당신을 사랑하며 살겠습니다

─「희망에게」『시간의 얼굴』

요즘 수녀원 식탁에는 종종 우리가 농사지은 야콘이나 무를 깎아 메뉴로 내놓곤 합니다. 다른 반찬이나 과일하고는 또 다른 맛을 주는 신선함 덕분에 수녀들은 기뻐하는 표정으로 각자의 접시에 덜어 가곤 합니다.

　이 시는 어느 날 밭에서 무를 뽑으며 떠올려본 희망의 이미지입니다. 진정한 희망이 무엇이냐고 누가 묻는다면 선뜻 대답을 못하겠습니다. 어느 인터뷰에서 '숨을 쉬며 살아 있는 것 자체가 희망이고 옆에 있는 사람들도 다 희망'이라는 병상에서 쓴 글을 인용한 적이 있는데, 몇 개의 '악플'이 달린 것을 보았습니다. 사는 일에 지치고 힘들어 죽겠는데 삶이 어찌 희망이 될 수 있느냐며 짜증 섞인 반응을 보인 익명의 독자에게 '숨을 못 쉴 정도로 아프다 보면 숨을 쉴 수 있는 것만도 희망으로 여겨진다'라고 댓글을 달아준 기억이 납니다. 며칠 전엔 아빠의 폭력에 시달리는 소녀가 자기가 소중히 여기는 물건들도 언젠가는 다 부서질 것 같아 불안하다며 상자 세 개에 물건을 나눠 담아 제 작업실에 두고 갔습니다. 오늘 밤이 지나면 자기가 세상에 없을지도 모르니 꼭 한 번만 만나달라는 연락이 와서 서른 번 가까이 만나온 우리 동네의 어여쁜 불자 소녀입니다.

　이젠 더 이상 살고 싶지 않다며 절망적인 상황을 호소해오는 이들에게 저는 어떻게 희망을 이야기하고 다시 살고 싶도록 만들어주어야 할지 잘 알지 못합니다. 그들의 슬픔이 전염되어 저의 일상도 자주 우울해지는 것을 경험합니다. '나는 정말 누굴 도와줄 힘이 없네' 하고 한숨 쉬다가 '그래도 살아야지, 열심히 기도하며 방법을 찾다 보면 어떻게 든 될 거야, 내가 힘을 내야 힘을 주지, 다시 살아보라는 희 망의 말을 건네기 위해서도 내가 먼저 희망이 되어야지' 새 롭게 다짐해보곤 합니다.

어느 날 희망을 의인화해 쓴 이 시를 다시 읽어보며 스 스로에게 약속합니다. '못 살겠다' '죽겠다'는 말을 내뱉으며 푸념하고 싶은 그 시간에 오히려 작은 기도를 바치고 가슴 속에 다시 한 번 희망의 숨을 불어넣겠다고. 새해에는 어딘 가에 가까이 숨어서 우리를 기다리는 희망에게 겸손한 자 세로 악수할 수 있다면 좋겠습니다.

복된 새해

늘 나에게 있는
새로운 마음이지만
오늘은 이 마음에
색동옷 입혀
새해 마음이라 이름 붙여줍니다

일 년 내내
이웃에게 복을 빌어주며
행복을 손짓하는
따뜻한 마음

작은 일에도 고마워하며
감동의 웃음을
꽃으로 피워내는
밝은 마음

내가 바라는 것을
남에게 먼저 배려하고
먼저 사랑할 줄 아는
넓은 마음

다시 오는 시간들을
잘 관리하고 정성을 다하는
성실한 마음

실수하고 넘어져도
언제나 희망으로
다시 시작할 준비가 되어 있는
겸손한 마음

곱게 설빔 차려입은
나의 마음과 어깨동무하고
새롭게 길을 가니
새롭게 행복합니다

—「새해 마음」『작은 기쁨』

"세월이 참 빠르지요?"

"일 년이 이렇게도 빨리 가다니 허망합니다."

"새로운 결심을 세우기보다 하던 일이나 잘 해야겠어요."

친지들이 주고받는 이런저런 대화를 들으며 떡국을 먹었습니다.

하얀 떡국 속에 들어 있는 쌀의 웃음소리, 햇빛의 노래를 사랑하며 다시 나이 한 살 더 먹는 쓸쓸한 기쁨! 같은 마음이라도 늘 새해 마음으로 바꾸는 노력을 하기로 다짐하며 메모했던 저의 시를 다시 읽어봅니다.

복을 짓고 복을 나누는 기쁨으로 사는 것이야말로 복된 새해일 것입니다. 아주 사소한 일에서도 감사하는 마음을 발견하고 키우고 익히며 표현하는 연습을 꾸준히 하다 보면 밝은 웃음꽃이 저절로 피어날 것입니다. 행복이 가까이 숨어서 손 흔들고 있는데 우리가 미처 알아보지 못해 놓치고 있는지도 모릅니다. 사랑의 길에 있어서도 누가 자꾸 무엇을 해주길 바라기보다는 내가 먼저 사랑하려는 용기를 지니고 꾸준히 실습하다 보면 마음의 문도 조금씩 넓어지는 걸 경험합니다.

아침에 눈을 뜰 적마다 '어서 오세요, 시간이여' 하며 정답게 인사하고, 밤에 잠자리에 들 때는 '오늘 하루도 고마웠어요' 하며 시간과 좋은 친구가 되는 성실한 노력을 거듭해야겠습니다. 일이 뜻대로 안 되거나 넘어지고 실수해도 절망의 늪에 빠지지 않고 다시 시작할 수 있는 겸손을 배우고 싶습니다.

한국전쟁이 끝날 무렵의 그 가난했던 어린 시절에도 색동
저고리를 곱게 차려입었던 추억은 언제나 즐거운 미소를 띠
게 합니다. 바쁜 걸 핑계로 자주 들여다보지 못했던 제 마
음에도 색동옷을 입혀 또 한 해의 길을 가고자 합니다. 마
음 좀 곱게 써라, 마음 단속부터 잘 해라 등 명절마다 어르
신들로부터 듣던 그 덕담들을 이제는 제가 후배들에게 해
주는 나이가 되었네요.

일 년 내내 새해 첫날의 설렘을 간직하고 기쁘게 살아가
는 새 사람이 되고 싶습니다. 따뜻한 마음, 밝은 마음, 넓은
마음, 성실한 마음, 겸손한 마음으로 새 옷을 입어보기로 해
요. 내일모레는 입춘이니 봄과 같은 마음으로 설 연휴도 기
쁘게 보내야지요. 광안리 우리 수녀원에는 지금 산다화(동
백꽃)가 곱게 피어 웃고 있습니다. 동백꽃 닮은 기도 한 송이
날리며 꽃마음의 새해 인사 올립니다.

여러분, 새해 복 많이 받으세요!

살아서 다시 신는 나의 신발

내가 신고 다니는 신발의 다른 이름은
그리움 1호다

나의 은밀한 슬픔과 기쁨과 부끄러움을
모두 알아버린 신발을
꿈속에서도 찾아 헤매다 보면
반가운 한숨 소리가 들린다
나를 부르는 기침 소리가 들린다

신발을 신는 것은
삶을 신는 것이겠지

나보다 먼저 저세상으로 건너간 내 친구는
얼마나 신발이 신고 싶을까

살아서 다시 신는 나의 신발은
오늘도 희망을 재촉한다

—「신발의 이름」『기쁨이 열리는 창』

엊그제는 먼 곳에서 온 손님과 광안리 바닷가로 향하는데 길에서 어느 부부가 여러 종류의 신발을 팔고 있어 잠시 걸음을 멈추고 구경했습니다. 한 켤레는 3900원, 두 켤레는 6000원이라며 이것저것 골라보라고 했지요. 마침 실내화로 신으면 좋을 것 같은 신발이 있어 검은색, 회색 두 켤레를 사들고 오는데 갑자기 부자가 된 듯 즐겁고 흐뭇한 웃음이 피어올랐습니다. 부드러운 털과 리본이 달려 있어서 저는 신발의 이름을 '포근이'라고 지었습니다.

여기에 소개하는 「신발의 이름」이란 시는 오랜 기간 암으로 투병하던 후배 수녀가 세상을 떠나고 장례식을 치른 뒤, 그의 방에 덩그러니 놓여 있던 신발 한 켤레를 보고 떠올려본 생각입니다. 지난 십수 년간 몇 번이나 입퇴원을 반복하면서 저는 신발의 의미를 더욱 새롭게 묵상하게 되었습니다. 병원 입원 중엔 늘 슬리퍼를 신고 다니니 신발을 신고 문병오는 이들이 어찌나 부럽던지요! 그래서 그들에게 말하곤 했습니다. '신발을 신는 것은 삶을 신는 것'이니 감사한 마음으로 기도 예식이라도 치르듯 경건하게 신으라고. 살아서 신발을 신는 것은 사랑과 희망에 대한 책임을 지는 것이라고 말입니다.

며칠 전 우리 수녀원에서는 한 해를 마무리하며 서로 용서를 청하는 시간을 가졌습니다. 물과 전기를 좀 더 아껴 쓰지 못했다고, 맡은 청소 구역을 제대로 돌보지 못했다고, 선배에게 불손하게 대했다고, 사소한 일에 흥분하고 언성을 높였다고, 공동체의 날 질서를 충실히 지키지 못했다고 겸손되이 고백하며 용서를 청하는 이들의 모습을 보았습니다. 하도 친숙해서 평소엔 미처 발견하지 못한 그들의 장점이 다시 보이기 시작해 마음 찡한 감동을 받았습니다.

함께 사는 일이 아름답고 평화롭기 위해서는 서로 간의 인내가 필요할 것입니다. 다른 이의 먼지 묻은 신발을 깨끗이 닦아주는 맘으로 상대의 약점을 참아주는 노력이 필요합니다. 우리 모두 새해에는 더욱 새로운 마음으로 각자에게 주어진 삶의 신발을 신고 길을 가면 좋겠습니다. 다른 사람의 입장을 헤아릴 줄 알아야 한다는 뜻으로 사용하기도 하는 '신발을 바꾸어 신어보자'는 말도 종종 기억하면서, 맘에 안 드는 부분이 있더라도 서로서로 너그럽게 감내하는 덕을 조금씩 쌓으면서 삶의 순례를 계속하는 행복한 사람들이 되면 좋겠습니다.

아침 인사

아침마다
소나무 향기에
잠이 깨어
창문을 열고
기도합니다

오늘 하루도
솔잎처럼 예리한 지혜와
푸른 향기로
나의 사랑이
변함없기를

찬물에 세수하다 말고
비누향기 속에 풀리는
나의 아침에게
인사합니다

오늘 하루도
온유하게 녹아서
누군가에게 향기를 묻히는

정다운 벗이기를
평화의 노래이기를

—「아침의 향기」『작은 위로』

날마다 기상 종소리에 잠을 깨지만 때로 새소리에도 잠이 깨는 수도원의 아침. 저의 침실에선 소나무가 잘 보여 방 이름을 '솔숲 흰 구름 방'이라 이름 짓고, 소나무의 영성을 자주 묵상하곤 합니다.

매일 걸어가는 삶의 길에서 착한 것만으로는 왠지 좀 부족하고 참된 분별력과 지혜가 필요함을 갈수록 더 절감하는 요즘입니다. '내가 잘한다고 한 일도 오해의 근원이 될 땐 너무 힘든데 어찌하면 좋지요? 오늘은 무엇을 말하고 어떻게 행동해야 할지 나에게 순간의 지혜를 주세요' 하고 소나무를 바라보며 기도하곤 합니다. 비바람에도 끄떡없이 견디어내는 인내심, 한번 맹세한 사랑의 약속을 끝까지 지키는 충성심을 사계절 늘 푸른 소나무를 보며 배웁니다.

저는 비누를 많이 묻히는 세수를 하는 편은 아니지만 물에 풀리는 비누의 향기를 사랑합니다. 사람들과의 관계에서도 순하게 녹아내리는 비누처럼 온유함의 덕목이 필요할 때가 많습니다. 무언가에 잔뜩 화가 나 있고 분노로 가득 찬 이들의 표정을 보는 건 괴로운 일입니다. 참아도 좋을 사소한 일에 세상 끝난 듯이 흥분해 옆 사람을 힘들게 하는 건 슬픈 일입니다. 거침없이 막말을 쏟아내고도 사과는커녕 변명과 자기 합리화에만 급급한 이들을 보는 일은 안타깝기 그지없습니다.

살아오면서 제일 후회되는 일 중 하나는 동료나 친지에게 필요 이상으로 언성을 높이거나 화를 내고도 즉시 용서를 청하지 않은 잘못입니다. 화를 내고 나면 후회할 줄 뻔히 알면서도 참지 못하는 성급함으로 일을 그르친 적이 제게도 얼마나 많았는지요. 나이가 들면 더 느긋하고 유순해져야 하는데 반대로 성급해지고 거칠어지는 성향을 발견할 적마다 스스로 얼마나 당황스러운지 모릅니다.

'그날 밤의 꿈이 평화스러울 수 있도록 하루를 보내라' '너의 노년이 평화스러울 수 있도록 젊은 날을 보내라'. 어려서 마음에 새긴 경구를 기억하면서 올 한 해는 좀 더 온유한 마음을 지녀야지 결심해봅니다. 며칠 전엔 서울 출장을 갔다가 서울역 편의점에서 『채근담』을 한 권 샀습니다. '담백한 고전 속에서 만난 위대한 삶의 지혜'라는 부제가 붙은 『채근담』을 읽으면서 마음을 더욱 맑고 담백하게 갈고닦으려고 합니다.

선과 평화를 이루기 위해 때로는 희생의 아픔을 경험하고 자아를 내려놓음에서 오는 눈물을 흘려야 할지라도, 실행하지 않으면 안 되는 겸손과 온유의 덕목을 생각합니다. 새해엔 좀 더 분발해 순하게 걸어가는 믿음과 인내의 순례자가 될 수 있길 소망해봅니다. 내적 투쟁에서 승리해 웃을 수 있는 평화의 일꾼이 되길 기도합니다. 어느새 곱게 피어 향기를 날리는 매화 나뭇가지 위에 앉은 이른 봄의 햇살이 '잘 해보세요!' 하며 축복해주는 이 아침, 아직 살아 있음을 고마워하며 모든 이에게 인사를 건네는 행복한 아침입니다.

치유의 말

구슬이 서 말이라도 꿰어야 보배라지요
언어가 그리 많아도
잘 골라 써야만 보석이 됩니다

우리 오늘도 고운 말로
새롭게 하루를 시작해요
녹차가 우려내는 은은한 향기로
다른 이를 감싸고
따뜻하게 배려하는 말

하나의 노래 같고
웃음같이 밝은 말
서로 먼저 찾아서 건네보아요
잔디밭에서 정성들여 찾은 네잎 클로버 한 장 건네주
듯이—

'마음은 그게 아닌데 말이 그만……'
하는 변명을 자주 안 해도 되도록
조금만 더 깨어 있으면 됩니다
조금만 더 노력하면

고운 말 하는 지혜가 따라옵니다

삶에 지친 시간들
상처받은 마음들
고운 말로 치유하는 우리가 되면
세상 또한 조금씩 고운 빛으로 물들겠지요
고운 말은 세상에서
가장 좋은 선물이지요

―「고운 말」『기쁨이 열리는 창』

날마다 새롭게 결심하는 것 중 하나가 '고운 말 쓰기'입니다. 얼마 전 부산고등검찰청에서 특강 기회가 있었는데 강연 서두에 어느 카페 화장실에서 인상 깊게 보았던 문구를 읽어주었습니다. 며칠 후 한 직원이 이메일을 보내 그 내용을 되새김하고 싶으니 보내주면 고맙겠다고 했습니다. 그가 부탁한 글귀들 중 특히 제게 와닿은 구절은 '호수에 돌을 던지면 파장이 일듯이 말의 파장이 운명을 결정 짓는다, 오늘은 어제 사용한 말의 결실이고 내일은 오늘 사용한 말의 열매'였습니다. "해인 수녀의 「고운 말」이란 시의 한 구절을 집에 붙여두고 가족들과 함께 오가며 본다"는 그의 말에 기뻤습니다. 덕담을 부탁할 때 종종 읽어주기도 하는, 나 자신이 노력하고 싶은 내용이 들어 있는 이 시를 그분이 다시 찾아준 셈입니다.

한마디의 고운 말이 주는 선한 영향력을 우리 모두 기억하고 고운 말을 주고받는 것이야말로 가장 귀한 선물임을 잊지 않았으면 합니다. 가까운 이들끼리는 서로 믿고 무심한 나머지 고운 말을 실천하지 못할 때가 더 많은 듯합니다. 어떤 이야기를 했을 때 아무 반응이 없으면 이야기한 것을 후회하고, 식구처럼 함께 살아도 때론 거리감이 느껴져 잠시 외롭기도 합니다. 그래서 누가 "그랬어요?"라고 짧게 메아리를 달아주어도 위로가 될 적이 있습니다.

힘들고 지쳤을 때, 누군가 건네준 위로와 희망이 담긴 한마디 말이 한 사람의 인생을 바꿀 수도 있습니다. 돈 안 들이고도 할 수 있는 따뜻하고 긍정적인 치유의 말을 표현하는데 우리는 왜 그리 인색한지요! 불평과 한탄과 원망의 말은 그리 쉽게 하면서 말입니다. 막말을 쏟아내고도 겸손되이 용서를 청하기보다는 '난 뒤끝이 없다, 말이 생각보다 앞서 헛나갔다'는 식으로 자기변명과 합리화에 길들여져 상대방과의 관계를 악화시키기도 합니다. 상대의 말에 어울리는 사랑의 맞장구를 잘 쳐주고, 중간에 끼어들지 않고 끝까지 웃으며 들어주고, 사소한 일로 우기다가 험한 말로 의가 상하지 않도록 깨어 있기 위해 노력하기로 다짐해봅니다.

고운 마음에서 고운 말이 나오지만 꾸준히 연습하다 보면 고운 말이 고운 마음을 키워주기도 할 것입니다. '혀끝까지 나온 나쁜 말을 내뱉지 않고 삼켜버리는 것, 그것이 세상에서 가장 좋은 음료다' '장전된 총을 조심해서 다뤄야 한다는 것은 누구나 안다. 하지만 말을 조심해야 한다는 사실은 자주 잊어버린다'라는 유대교 한 랍비의 말도 다시 기억하면서, 우리 모두 일상의 언어 학교에서 순하고 지혜로운 우등생이 되기를 기도합니다.

나라를 사랑하는 마음

내가 태어나 숨을 쉬는 땅
겨레와 가족이 있는 땅
부르면 정답게 어머니로 대답하는
나의 나라 우리나라를 생각하면
마냥 설레고 기쁘지 않은가요
말 없는 겨울산을 보며
우리도 고요해지기로 해요
봄을 감추고 흐르는 강을 보며
기다림의 따뜻함을 배우기로 해요
좀처럼 나라를 위해 기도하지 않고
습관처럼 나무라기만 한 죄를
산과 강이 내게 묻고 있네요
부끄러워 얼굴을 가리고 고백하렵니다
나라가 있어 진정 고마운 마음
하루에 한 번씩 새롭히겠다고
부끄럽지 않게 사랑하겠다고

ㅡ「우리나라를 생각하면」『풀꽃 단상』

며칠간 서울에 다녀오니 매화는 지고 산수유, 수선화, 민들레, 제비꽃, 명자꽃이 피어나 남쪽의 봄을 알리고 있습니다. '어서 오렴, 3월아(Dear March, Come in……)'로 시작하는 에밀리 디킨슨의 시를 기억하게 되는 3월. 이번 3월은 제게도 좀 특별하게 다가옵니다. 삼일운동 100주년을 지낸 뜻깊은 달이고, 제가 기차를 타고 부산에 내려와 수도 생활을 처음 시작한 달이기도 합니다. 우리 수녀원에 새로 입회한 네 명의 지원자들을 보니 새삼스레 가슴이 뛰고 눈물이 났습니다. 요즘은 왜 이리 안팎으로 눈물이 고이는지요!

오래전 우리나라의 독립을 위해 목숨 바친 이들에 대한 감사의 마음도 올해는 더 새롭게 솟구쳤습니다. 삼일절은 금요일이어서 원래 단식을 하는 날이지만 100주년 축하의 뜻으로 아침밥을 먹었고, 저녁엔 〈말모이〉라는 영화를 함께 보며 나라말을 지키느라 희생한 이들을 구체적으로 기억하는 시간도 가졌습니다. 해외에 머물 때는 태극기만 보아도, 애국가만 들어도 너무 반가워 눈물이 나곤 했는데 지금은 무디어졌습니다. 내 나라에 대한 고마움보다는 오히려 비난과 불평을 더 많이 한 자신의 모습을 돌아보며 슬그머니 부끄러워집니다.

여기저기 대서특필하는 삼일운동의 역사적 배경과 의미, 독립운동의 주인공들에 관한 여러 일화들, 숨겨진 이야기들을 읽으며 그동안의 제 무심함이 부끄러웠고 나라의 역사에 대한 공부를 더 해야겠구나 다짐하기도 했습니다. 현재 몸담고 있는 우리 수녀원을 각별히 아끼며 지금 살고 있는 부산에 대한 애향심을 키워가듯 제가 태어난 모국을 좀 더 열심히 사랑하고 자랑스러워하는 애국심을 사명처럼 지니고 살아야겠다고 결심해봅니다. 젊은 수녀 시절 필리핀에서 공부할 때 만난 어느 일본인 주재원이 "나는 출장 가는 곳마다 우리나라 국기를 들고 다니며 힘든 일이 있으면 나라를 사랑하는 마음으로 인내한다"고 고백하는 걸 듣고 감동한 일이 있습니다.

그동안 한참 잊고 있었던 제 아버지의 빛바랜 사진 한 장에 요즘은 자주 눈길이 머뭅니다. 1950년 9월 행방불명된 아버지. 여섯 살 이후로 뵌 적이 없으나 늘 깊고 따뜻한 그리움으로 살아 계신 그분의 존재가 새삼 크게 와닿으며, 남북으로 갈라진 민족의 아픔 또한 사무칩니다.

'주님, 평화로 가는 길은 왜 이리 먼가요. 얼마나 더 어둡게 부서져야 한줄기 빛을 볼 수 있는 건가요. 멀고도 가까운 나의 이웃에게, 가깝고도 먼 내 안의 나에게 맑고 깊고 넓은 평화가 흘러 마침내 하나가 되기를 간절히 기도하며 울겠습니다'라고 기도한 적이 있습니다. 일이 제대로 안 풀려 살기 힘들고 속상한 때라도 미움, 저주, 한탄, 분노의 부정적인 푸념보다 한줄기 희망과 긍정이 담긴 말을 더 하도록 애써야겠습니다. 모국어를 좋아하고 이웃을 사랑하고 맡은 일을 충실히 해나가는 일상 속의 애국자가 먼저 되어야지 다짐하며 3월의 바람 속에 경건히 두 손 모읍니다.

햇빛 한줄기

오늘도
한줄기 햇빛이
고맙고 고마운
위로가 되네

살아갈수록
마음은 따뜻해도
몸이 추워서
얼음인 나에게

햇빛은
내가
아직 가보지 않은
천상의
밝고 맑은 말을
안고 와
포근히
앉아서
나를 웃게 만들지

또

하루를

살아야겠다

―「햇빛 일기」『필 때도 질 때도 동백꽃처럼』

어제는
먹구름
비바람

오늘은
흰구름
밝은 햇빛

바삭바삭한 햇빛을
먹고 마셔서
근심 한 톨 없어진
내 마음의 하늘이
다시 열리니
여기가 바로
천국이네

―「햇빛 일기」『서로 사랑하면 언제라도 봄』

공기나 햇빛은 너무도 가까이 있어 우리가 누리는 축복을 자주 잊게 되고 고마워하는 마음 또한 그리 절절하진 않은 것 같습니다.

얼마 전 병원에 가니 제겐 지금 햇빛 에너지가 부족한 것 같다고 의사가 비타민 D를 처방해주었습니다. 식물만 햇빛이 필요한 게 아니구나, 사람도 햇빛을 많이 쏘여야 건강을 유지할 수 있구나 새롭게 절감하면서 요즘은 늘 햇빛과 친하게 지냅니다. 햇빛이 유난히 잘 드는 장소로 걸상을 들고 나가 가만히 앉아 있다 오기도 합니다. 지난 몇 년간 힘겹게 투병하면서 햇빛에 손을 녹이고 마음을 녹이고 과자처럼 먹기도 하면서 깊이 감사했던 기억을 한동안 잊고 있었던 것 같습니다.

오래전 세상을 떠난 친척 사제가 위독할 때 문병을 가니 그는 제게 이렇게 말했습니다. "평소 무심히 지나치곤 했던 햇빛 한줄기가 너무나 그립네요. 한 번이라도 밖에 나가 꽃을 보고 햇빛도 쏘이고 싶어요. 수녀님도 그리할 수 있을 때 열심히 해두시라고!" 햇빛이 유난히 눈부시고 아름다운 날은 해 아래 사는 기쁨을 오래 누리지 못하고 30대에 세상을 떠난 그 사제를 자주 생각하곤 했습니다.

이젠 햇살 가득한 봄이 좀 더 가까이 사방에 널려 있으니 햇빛을 양분으로 먹고 자란 꽃과 나무와도 친구가 되고, 봄바람과도 정겹게 이야기하는 봄 수녀가 되고 싶습니다. 가끔은 나비와 새들도 봄의 친구로 불러야지요.

한줄기 햇빛에 감탄하고 감사할 수 있는 삶을 살고 싶습니다. 이 봄엔 사랑하는 친지를 불러 모아 햇빛 잔치를 하고 싶습니다. 제가 쓴 어느 날의 봄 단상도 밝고 따스한 햇살 아래 다시 읽어보며 '봄과 같은 사람'이 되고 싶은 소망을 새롭게 가져봅니다.

봄과 같은 사람이란 어떠한 사람일까 생각해본다. 그는 아마도 늘 희망하는 사람, 기뻐하는 사람, 따뜻한 사람, 친절한 사람, 명랑한 사람, 온유한 사람, 생명을 소중히 여기는 사람, 고마워할 줄 아는 사람, 창조적인 사람, 긍정적인 사람일 게다. 자신의 처지를 원망하고 불평하기 전에 우선 그 안에 해야 할 바를 최선의 성실로 수행하는 사람, 어려움 속에서도 희망과 용기를 새롭히며 나아가는 사람이다.

기쁨을 전하는 나비

아픔을 위로하는 기도

몸 마음이 아파서
외롭고 우울한 이들 위해
오늘은 무릎 꿇고 기도합니다
고통을 더는 일에
필요한 힘과 도움 되지 못하는
미안함, 부끄러움
면목없음, 안타까움
그대로 안고 기도합니다
정작 위로가 필요할 땐 곁에 없고
문병을 가서는 헛말만 많이 해
서운할 적도 많았지요?
'자비를 베푸소서!' 외우는데
눈물이 앞을 가리네요
이 가난하지만 맑은 눈물
작은 위로의 기도로 받아주시면
제게도 작은 위로가 되겠습니다

—「아픈 이들을 위하여」『풀꽃 단상』

연세가 많아 정신에 조금 문제가 있다 해도 어쩌다 저를 만나면 "삶이 바쁜 시인 수녀님" 하며 웃어주던 선배 수녀님, 며칠 전에 만난 자리에서 "수녀님 저 기억하시죠?" 했더니 그녀는 "얼굴은 알겠는데 이름은 모르겠네" 했습니다. 지난달 병원에서 인지 검사를 하니 저 역시 삼 년 전에 비해 결과가 썩 좋진 않아 약을 하나 더 처방받아 왔습니다. '기억력만큼은 누구보다 좋았는데, 병과 이만큼 친했으면 됐지 갈수록 약만 늘어나다니' 푸념하며 조금 우울했고, 저도 치매 증상으로 사람들을 못 알아보면 어쩌나 하는 두려움이 엄습했습니다. 게다가 정신이 아프고 고장 난 친구들의 부탁으로 덩달아 힘든 요즘입니다. "몸에 악귀가 붙었으니 수녀님이 떼어주어야 살 수 있기에 당장 찾아오겠다"는 어느 아가씨의 전화, "제가 바로 수녀님이 찾아 헤매는 큰아들입니다"라고 하는 재소자의 편지를 받을 때면 황당하기도 합니다.

　아픈 이들을 위한 기도 부탁을 받지 않는 날이 하루도 없습니다. 마음의 병뿐만 아니라 육체적인 질병의 종류도 어찌 그리 다양한지 듣기만 해도 걱정되고 저절로 연민의 정이 생깁니다. 이렇게 저렇게 기도를 부탁해 오는 환자와 그의 가족들에게 대답은 쉽게 하지만, 실은 어떻게 기도해야 할지 자주 난감합니다. 침묵의 봉헌 외엔 달리 방법이 없는 것 같습니다.

　생사의 위기에 있는 아픈 이들을 직접 방문하고 나면 딱히 할 말이 없어지고 위로의 말조차 궁해지곤 합니다. 잠시

라도 상대방을 위로하고 기쁘게 해줄 수 있는 '사랑의 기술'이 부족한 스스로의 가난함을 슬퍼하는 순간들이 있습니다. 「아픈 이들을 위하여」라는 시는 이렇게 아픈 이들에게 별 도움이 되지 못하는 자신의 무력함과 안타까움을 표현해본 노래입니다. 병원에 오래 있다 보면 환자뿐 아니라 환자를 간호하는 가족들, 간병인들, 의료진도 다 나름대로 힘들다는 생각이 새롭게 들곤 합니다. 이왕 내게 온 아픔을 잘 감수하고 다른 이에겐 필요 이상의 요구로 부담을 주지 말아야지 수도 없이 결심해보지만 뜻대로 되질 않기에, 어느 날 '마음이 많이 아플 때/ 꼭 하루씩만 살기로 했다/ 몸이 많이 아플 때/ 꼭 한순간씩만 살기로 했다/ 고마운 것만 기억하고/ 사랑한 일만 떠올리며/ 어떤 경우에도/ 남의 탓을 안 하기로 했다'(「어떤 결심」에서)라는 구절을 적어보기도 했습니다.

건강할 때는 저도 늘 아픈 이의 고통을 헤아리기보다는 입에 발린 좋은 말, 상투적이며 교훈적인 말로 자기중심적인 위로를 했고 이것이 늘 마음에 걸립니다. 아픈 이는 건강한 이들에게 건강한 이들은 아픈 이들에게 서로를 온전히 헤아리지 못하는 한계를 받아들이며 조금은 미안한 마음, 겸손한 마음으로 사랑하며 살아가는 것만이 우리가 주고받을 수 있는 진정한 위로가 아닐는지요. 진심이 담긴 한마디의 말, 쾌유를 비는 간절한 눈빛, 대신 아파주지 못하는 안타까움을 나름대로 표현하는 것만으로도 작은 위로의 선물이 될 것입니다.

기쁨을 전하는 나비

너의 집은
어디니?

오늘은
어디에 앉고 싶니?

살아가는 게
너는 즐겁니?
죽는 게 두렵진 않니?

사랑과 이별
인생과 자유
그리고 사람들에 대해서

나는 늘
물어볼 게 많은데

언제 한번
대답해주겠니?

너무 바삐 달려가지만 말고
지금은 잠시
나하고 놀자

갈 곳이 멀더라도
잠시 쉬어가렴
사랑하는 나비야

—「나비에게」『서로 사랑하면 언제라도 봄』

너는 항상
멀리 날아야 되니
아파도
아프다고 말 못할 적이 많지?
사랑의 먼 길을 떠나는
나도 그렇단다

백일홍 꽃밭에
잠시 쉬러 온 네게
나는
처음부터 사랑을 고백한다
샛노란 옷을 입고
내 앞에서 춤을 추는 너를 보는데
가슴이 뛰었단다

내가 하고 싶은 말을
너는 이미 알고 있지?
나의 눈물도
너는 보았지?

내가 기쁠 때
함께 웃어다오
내가 힘들 때는
작은 위로자가 되어다오

—「나비에게」『필 때도 질 때도 동백꽃처럼』

한참 어린 예비 수녀 시절, 산에서 소나무를 옮겨 어깨에 지고 내려오는 노동이 힘들어 원장님을 찾아가 "밖에서 일하는 법을 좀 배워서 다시 들어오고 싶다"고 청한 일이 있습니다. 눈이 파란 원장님은 서툰 한국말로 "자매의 빨래 번호도 88번이니 나비 모양을 닮았네. 일이 서툴러도 실망하진 말고 남에게 기쁨을 전하는 '나비'로 살아가면 되지 않을까?" 하면서 저를 돌려보냈습니다. 반세기가 지난 지금, 저는 그리 아름다운 나비가 되지 못했어도 어쩌면 제가 빚어낸 시들이 여기저기 날아다니며 나름대로 희망과 위로를 전하는 나비의 역할을 하는 것은 아닐까 생각해보곤 합니다. 저의 글방 앞 꽃밭에는 하얀 나비, 노란 나비, 호랑나비 등 많은 종류의 나비들이 놀러 오기에 나비를 향해 러브레터처럼 가볍게 쓴 시들이 몇 편 있습니다. 나비 무늬가 새겨진 손수건, 컵, 카드, 스티커들을 모으니 친지들이 기억했다 사다주기도 합니다.

언제부터인지 나비와 바다를 낭만적으로만 노래하기엔 이 땅의 봄에 안 좋은 일들이 많이 일어난 것 같아 슬픕니다. 2002년 4월 15일 김해 돗대산 부근에서 일어난 중국 민항기 추락 사고, 2014년 4월 16일 일어난 세월호 참사의 수많은 희생자들을 먼저 기억하지 않을 수 없는 '잔인한' 슬픔의 봄입니다.

내일은 오 년 전의 그날, 죄 없는 어린 학생들과 어른들이 배에 탔다가 돌아오지 못한 날, 그들을 살릴 수 있는데도 살리지 못한 우리의 부끄러운 실수를 평생 참회해야 할 날입니다. 그날 이후로 세월, 바다, 배라는 단어가 전과는 다르게 살아옵니다. 나비를 닮은 노란 리본을 게시판에 붙여두거나 가방에 달고 다니는 수녀들도 많습니다.

'시간은 어떻게든 흐르네요. 이제 봄은 평생 슬픈 계절이 될 것 같아요.' 배 안에서 가장 먼저 구조 요청을 했던 최덕하 군의 엄마인 상희 씨와 오늘 문자를 주고받았습니다. 시신을 찾지 못한 다섯 명의 희생자와 유족들을 생각하면 마음이 아픕니다. 실종자들을 안타깝게 찾고 있을 때 우리는 특별 기도 지향으로 한 사람씩 이름 뽑기를 했고, 저는 아들이 사는 제주도에 가다 희생당한 이영숙 님을 뽑았는데 삼 년 만에 그녀를 찾은 날은 얼마나 기쁘고 또 마음이 아팠는지. 그녀의 아들에게 연락해 만나고 싶은 마음이었습니다. 유족들에겐 이 봄이 얼마나 슬플까요. 봄이 되면 우리 모두 중국 민항기 사고, 세월호 참사로 죽은 이들과 유족들을 기억하며 기도하면 좋겠습니다.

행복을 찾아서

날마다 순간마다
숨을 쉬고 살면서도
숨 쉬는 고마움을
잊고 살았네

내가 사랑하고
사랑받는 일 또한
당연히 마시는 공기처럼
늘 잊고 살았네

잊지 말자
잊지 말자
다짐을 하면서

다시 숨을 쉬고
다시 사랑하고

눈에 보이지 않는
모든 것

새롭게 사랑하니
행복 또한 새롭네

—「행복도 새로워」『작은 기쁨』

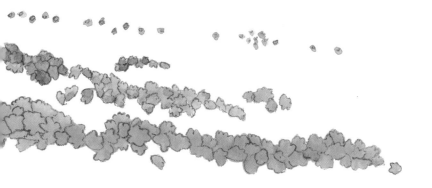

산 너머 산
바다 건너 바다
마음 뒤의 마음
그리고 가장 완전한
꿈속의 어떤 사람

상상 속에 있는 것은
언제나 멀어서
아름답지

그러나 내가
오늘도 가까이
안아야 할 행복은

바로 앞의 산
바로 앞의 바다
바로 앞의 내 마음
바로 앞의 그 사람

놓치지 말자
보내지 말자

—「가까운 행복」『작은 기쁨』

그동안 행복이나 기쁨에 대한 시와 산문을 꽤 여러 편 썼고, 여기에 소개하는 시 두 편도 그 일부입니다. 행복에 대해 참으로 많은 강의를 하고 신문이나 방송 인터뷰 때마다 질문을 받아 저 나름대로 대답도 했습니다. 제가 소개받거나 스스로 찾아 읽은 행복에 대한 책들은 또 얼마나 많은지요. 살아갈수록 행복은 멀리 있는 게 아니라 가까이 있다는 생각을 더 자주 하게 됩니다. 지극히 당연한 것을 새롭게 감사하는 일에서부터 행복이 시작된다는 것을.

'고이다 못해 흘러내린 침을 삼킬 수만 있다면 세상에서 가장 행복한 사람일 것이다'라고 한 『잠수종과 나비』의 저자 장 도미니크 보비의 말이 담긴 메시지를 여러 지인들과 공유하니 그 반응이 엄청났습니다. '그토록 보잘것없는 순간들을 사무치게 그리워하는 사람들이 있다는 것을 당신은 모를 것이다'라고 고백한 교사 출신 소설가이자 지금은 루게릭병으로 투병 중인 정태규 님의 책 『당신은 모를 것이다』도 지인들에게 종종 소개해주곤 합니다.

그들의 글은 우리가 살아 있는 매 순간이 얼마나 소중한지, 당연한 듯 누리고 사는 지극히 평범한 일상 속 일들이 얼마나 큰 축복인지를 절절한 체험적 고백으로 깨우쳐줍니다. 그러나 우리는 왜 사소한 행복을 발견하는 일에 그리도 더딘지! '기쁘다, 행복하다'는 표현을 하는 일에는 왜 그리 인색한지! 그리고 처음부터 행복하다고 말하기보다는 슬프고 힘든 상황에 처한 다른 사람들의 불행을 보며 비교하고 '나는 다행이다, 괜찮다'고 생각하게 되는 건지 부끄러울 때가 많습니다.

딱히 그 누구와 비교하지 않고서도 현재의 순간을 행복하다고 말할 수 있는 자신만의 행복방정식을 만들어가면 좋겠습니다. 그래서 평범한 매일을 새롭게 감사하고 집에서 일터에서 매일 만나는 이들도 처음 본 듯이 반가워하는 마음으로 살 수 있다면 자신뿐 아니라 주변의 다른 사람들까지도 행복하게 만들 수 있을 겁니다. 행복은 저 멀리 상상 속에만 있는 것이 아니라 바로 지금 여기에서 찾아야 함을 다시 묵상하며 어느 날 제가 쓴 시「행복의 얼굴」을 나직이 읊어봅니다.

사는 게 힘들다고
말한다고 해서
내가 행복하지 않다는 뜻은
아닙니다

내가 지금 행복하다고
말한다고 해서
나에게 고통이 없다는 뜻은
정말 아닙니다

마음의 문
활짝 열면
행복은

천 개의 얼굴로

아니 무한대로
오는 것을
날마다 새롭게 경험합니다

어디에 숨어 있다
고운 날개 달고
살짝 나타날지 모르는
나의 행복

행복과 숨바꼭질하는
설렘의 기쁨으로 사는 것이
오늘도 행복합니다

귀를 기울이며

귀로 듣고
몸으로 듣고
마음으로 듣고
전인적인 들음만이
사랑입니다

모든 불행은
듣지 않음에서 시작됨을
모르지 않으면서
잘 듣지 않고
말만 많이 하는
비극의 주인공이
바로 나였네요

아침에 일어나면
나에게 외칩니다

들어라
들어라
들어라

하루의 문을 닫는
한밤중에
나에게 외칩니다

들었니?
들었니?
들었니?

—「듣기」『작은 기도』

다른 사람들의 말을 잘 경청하는 노력을 좀 더 적극적으로 하겠다는 새해 결심을 세운 지 몇 달이 지났습니다. 자꾸만 결심을 하다 보면 조금씩 실행이 잘 될 것이라 믿기에 저는 오늘도 듣기 연습을 하는 초심의 수련생으로 살고 있습니다.

오늘은 수녀원의 지도 사제에게 면담식 고해성사를 보았습니다. 두서없이 고백하는 저의 정리 안 된 이야기를 사제는 끝까지 몸으로 마음으로 듣고, 단 한 마디도 중간에 끼어들거나 이런저런 훈계도 하지 않고 아주 단순한 기도의 자세로 마무리해 감동받았습니다. 어떤 이야기엔 눈물까지 글썽이며 공감을 표현하는 충실한 경청자였습니다.

시를 쓰는 사람은 감성이 예민하여 종종 외로움을 탈 거라고 생각하기 쉽지만 저는 어린 시절과 달리 수녀원에 와서 오히려 활달하고 명랑한 쪽으로 성격이 바뀌었고, 그래서 '외롭다'는 말을 좀체 하지 않는 편입니다. 그래도 어느 순간 가장 외로움을 느끼냐고 누가 제게 묻는다면 "기껏 마음먹고 무슨 말을 시작했는데 아무도 주의 깊이 들어주지 않을 때"라고 대답하곤 합니다. 여럿이 모여 대화하는 자리에서도 말하는 이에게 끝까지 정성을 다하기보다는 사이사이 끼어들어 원래 말하려는 이보다 더 길게 말하거나, 양해를 구했더라도 중간에 스마트폰을 들고 나가면 이내 관심이 흩어지기도 해서 말하는 이를 종종 힘 빠지게 만들기도 합니다.

백 명도 넘는 큰 공동체 안에서 그룹으로 나뉘어 대화를 한다 해도 워낙 여러 명이 함께 살다 보니 즐거워야 할 담화 시간조차 어수선할 때가 있습니다. "우리가 지금 무얼 하는 거지? 도대체 듣는 이는 하나도 없고 말하는 이만 많이 있네?" 하며 웃은 적도 있습니다. 제가 머물던 필리핀의 어느 봉쇄 수도원에서는 담화 시간에 무슨 이야길 하고 싶으면 각자 손을 들고 잘 들어달라 부탁하면서 말하는 걸 보았다고 말해주자 "너무 심한 것 아니냐"며 다들 웃었는데, 어쩌면 그 상황도 일리가 있는 것 같습니다. 온전히 잘 듣는 일이 그만큼 어렵기 때문이겠지요.

대화를 할 적엔 말하는 이의 눈을 들여다보며 주의 깊게 듣기, 부탁받은 심부름을 좀 더 정확히 하기 위해 반복해서 되물어보기, 잊어버리지 않도록 메모하기, 미사 중의 강론이나 식당에서의 공동 독서를 딴생각하지 않고 귀담아듣기 등등 몇 가지 결심을 다시 해보는 오늘, '경청은 절제이며 겸손이다' '다른 사람의 이야기를 진지하게 들어주는 경청의 태도는 우리들이 다른 사람에게 나타내 보일 수 있는 최고의 찬사 중 하나다'라는 격언을 되새겨봅니다.

오늘의 우리

우리 집이라는 말에선
따뜻한 불빛이 새어나온다
"우리 집에 놀러 오세요!"라는 말은
음악처럼 즐겁다

멀리 밖에 나와
우리 집을 바라보면
잠시 낯설다가
오래 그리운 마음

가족들과 함께한 웃음과 눈물
서로 못마땅해서 언성을 높이던
부끄러운 순간까지 그리워
눈물 글썽이는 마음
그래서 집은 고향이 되나 보다

헤어지고 싶다가도
헤어지고 나면
금방 보고 싶은 사람들
주고받은 상처를

서로 다시 위로하며
그래, 그래 고개 끄덕이다
따뜻한 눈길로 하나 되는 사람들

이런 사람들이
언제라도 문을 열어 반기는
우리 집 우리 집

우리 집이라는 말에선
늘 장작 타는 냄새가 난다
고마움 가득한
송진 향기가 난다

—「우리 집」『작은 위로』

어느 날 저의 어린 시절을 떠올리며 써보았던 이 시를 세상의 모든 가족들에게 바칩니다. '우리 집'이라는 말은 얼마나 정겹고 아름다운지요. 살아오면서 "우리 집에 놀러 오세요!"라는 말을 우리는 얼마나 많이 하고 또 들어왔을까요. 실제로 놀러 가진 못하더라도 그 말이 주는 따뜻함만으로 충분히 행복합니다. 수녀원을 '우리 집'이라고 말하면 더러 의아해하는 이들도 있으나 제겐 분명 평생을 몸담고 사는 집이기에 "우리 집에 놀러 오세요"라는 말을 서슴없이 하고 있습니다.

어쩌다 제가 진행하는 강의나 시 낭송 모임에서 종종 부부 팀을 불러내 이 시를 서로 번갈아 낭독하게 하면 읽다 말고 멈추어 다음 구절로 넘어가질 못하거나 눈물 흘리는 이들이 있습니다. 특히 '서로 못마땅해서 언성을 높이던' '헤어지고 싶다가도 헤어지고 나면' 부분에서 제일 많이 울컥하는 모습을 보게 됩니다. 가장 가까운 사이라 기대가 크니 그만큼 서로 상처를 주고받기도 쉬운 관계, 그래서 용서하고 화해하는 용기, 기다리고 인내하는 용기가 매 순간 필요한 관계가 바로 가족인 것 같습니다.

5월엔 '가족 사랑 강조 주간'처럼 여기저기서 가족을 위한 행사나 이벤트도 많아 가족끼리 여행하며 즐거운 표정으로 제게 사진을 찍어 보내오는 친지들도 많습니다. 그러나 가족이 있어도 없는 거나 마찬가지인 이들, 버림받아 외로운 이들을 지켜보는 일은 매우 슬픕니다. "수녀님, 저만 누리고 사는 것 같아 죄송한 마음이 들 적엔 도움이 필요한 이웃에게 작은 표현이라도 슬며시 하는 것이 감사와 사랑의 실천인 거죠?" 하던 어느 독자의 말이 기억에 남습니다. 그 생각이 고마워서 저는 작은 선물을 건네주며 당장 가정 폭력에 시달리는 어느 소녀를 돕도록 연결해주었습니다.

그야말로 글로벌한 시대를 살아가는 오늘의 우리는 내 가족만의 좁은 울타리를 벗어나 좀 더 폭넓은 사랑을 꾸준히 나누며 실천할 수 있는 인류의 가족이 되면 좋겠습니다. 넓은 사랑을 향한 우리의 선한 노력이 행복으로 열매 맺기를 기도하는 5월입니다.

꽃 이야기

제가 잘한 일도 없는데
이렇게 아름다운
꽃을 보내시다니요!

내내 부끄러워하다가
다시 생각해봅니다

꽃을 사이에 두고
우리는 다시
친구가 되는 거라고

우정과 사랑을
잘 키우고 익혀서
향기로 날리겠다는
무언의 약속이
꽃잎마다 숨어 있는 거라고—

꽃을 사이에 두니
먼 거리도 금방
가까워지네요

많은 말은 안 해도
더욱 친해지는 것 같네요

꽃을 준 사람도
꽃을 받은 사람도
아름다운 꽃이 되는
이 순간의 기쁨이
서로에게 잊지 못할 선물이군요

사랑한다는 말
고맙다는 말
침묵 속에 향기로워
새삼 행복합니다

—「꽃을 받은 날」『꽃은 흩어지고 그리움은 모이고』

시인에게는 무엇보다 꽃이 어울린다고 생각하는지 지인들이 우리 수녀원을 방문할 때면 제게 꽃을 많이 사들고 옵니다. 동네 꽃집을 찾느라 약속 시간에 늦으면 왜 하필 꽃에 집착하느냐, 빵이나 음료수를 사면 더 간단할 텐데 하며 잔소리도 종종 합니다. 그래도 꽃을 받으면 기분이 좋습니다. 공동체가 아니라 저의 이름이 새겨진 리본이 달린 화려한 난 화분을 받으면 살짝 부담도 되지만, 보낸 이의 마음을 헤아리며 일단은 감사부터 하리라 마음먹습니다.

이 시는 꽃을 받은 사람으로서의 아름다운 책임감을 일종의 '사명 선언문' 같은 마음으로 적은 것이기도 합니다. 교도소에서 저의 답장을 받고 기뻐하던 어느 재소자가 출소한 뒤 제일 고운 장미를 보내고 싶었다며 특별 항공으로 보내준 흑장미 백 송이도 기억에 남고, 강원도에 사는 어느 독자분이 택배로 보내준 국화의 향기도 아름답게 기억합니다. 신간 도서 사인회장에서 하얀 안개꽃다발을 전하려고 끝까지 기다려준 어느 청년의 미소는 꽃보다 더 은은하게 아름다웠습니다.

꽃을 배달시킬 때 시 한 편을 장식으로 얹거나 새로 나온 책을 곁들여 고운 메시지와 함께 보내오는 분들도 있습니다. 오래전 여름, 제주의 어느 성당에서 특강을 하고 나왔을 때 교우들이 저마다의 사연과 메모를 끼워 준 일곱 개의 꽃다발은 지금도 잊지 못합니다. 직접 키운 노란 장미이니 예쁘게 봐달라는 어느 주부의 편지, 스스로 생을 마감해 지금은 세상에 없는 유명 배우의 사진 엽서에 빼곡히 글을 적은 어느 여고생의 편지 등. 꽃다발에 얽힌 추억담만으로도 책 한 권이 될 것 같습니다.

살면서 어떤 사소한 일로 오해가 빚어져 슬프거나 우울한 순간들이 올 때는 제가 꽃을 받았던 날의 추억과 기쁨을 꺼내 음미하며 빙그레 웃어보곤 합니다. 사계절 내내 자기 차례를 인내하며 기다리다 피어나는 한 송이의 꽃처럼 모두를 이해하고 용서할 수 있는 꽃마음의 온유함을 닮을 수 있는 은총을 구합니다. 그리고 누구에게 꽃이 되라고 주문하기 전에 제가 먼저 한 송이 꽃으로 사랑을 시작하겠다는 다짐을 합니다.

고운 꽃을 받은 날 곱게 물들었던 기쁨 그리고 꽃을 향한 순수했던 마음을 새롭게 기억하면서, 오늘은 허브 밭을 가꾸는 친구 수녀와 함께 꽃 차를 마시며 제가 쓴 꽃 시 「꽃이야기 하는 동안은」을 읽어주고 싶습니다.

꽃이야기 하는 동안은
우리 모두
꽃이 됩니다

어려운 시절에도
꽃이야기 하는 동안은
작은 평화
작은 위로
살며시 피어납니다

"벌써 꽃이 피고 있어요"
밝게 말하는 이의 목소리에도
꽃향기 묻어나고

"이젠 꽃이 지고 있어요"
슬프게 말하는 이의 목소리에도
꽃향기 묻어나고

꽃이야기 하는 동안은
누구도 남의 흉을 보지 않네요
죄를 짓지 않네요

장미의 계절

'하늘은 고요하고
땅은 향기롭고
마음은 뜨겁다'

6월의 장미가
내게 말을 건네 옵니다

사소한 일로
우울할 적마다
'밝아져라'
'맑아져라'
웃음을 재촉하는 장미

삶의 길에서
가장 가까운 이들이
사랑의 이름으로
무심히 찌르는 가시를
다시 가시로 찌르지 말아야
부드러운 꽃잎을 피워 낼 수 있다고

누구를 한 번씩 용서할 적마다
싱싱한 잎사귀가 돋아난다고

6월의 넝쿨 장미들이
해 아래 나를 따라오며
자꾸만 말을 건네 옵니다

사랑하는 이여
이 아름다운 장미의 계절에
내가 눈물 속에 피워 낸
기쁨 한 송이 받으시고
내내 행복하십시오

—「6월의 장미」『풀꽃 단상』

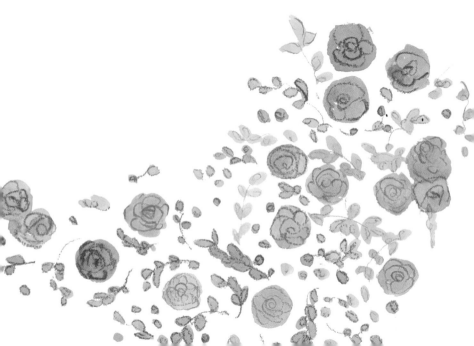

아름답지 않은 꽃은 없지만 언제부터인지 장미를 좋아하게 되었습니다. 그래서 「장미의 기도」 「장미의 기쁨」 「장미를 생각하며」 등 장미를 주제로 한 시를 꽤 여러 편 썼습니다. 그 가운데 독자들은 「6월의 장미」를 가장 많이 애송하는 것 같습니다. 이 시는 6월에 핀 넝쿨 장미를 보다 문득 떠오른 생각을 정리한 것인데 인간관계의 어려움을 순하게 승화시키려는 노력이 러브레터처럼 표현되어 좋아하는 게 아닌가 싶습니다.

우리 수녀원에도 요즘 장미가 한창입니다. 하얀색, 노란색, 연분홍색, 빨간색에 이르기까지 다양한 모습으로 장미만의 아름다움을 자랑하고 있습니다. 장미의 향기도 향기지만 겹겹이 포개진 장미 꽃잎을 볼 적마다 얼마나 신기한지요. 장미 묵주, 장미 차, 장미 사진 모음집을 곁에 두는 것만으로도 행복합니다.

장미를 보면 장미 꽃잎을 말렸다가 편지에 붙여 보내시던 어머니가 새삼 그립습니다. 제가 장미를 좋아하는 걸 눈치챈 한 동료 수녀가 제 작업실의 하얀 벽 한쪽을 색색의 마른 장미 꽃잎들로 장식해주니 오며 가며 눈여겨보는 기쁨이 있습니다. 평소에 장미를 좋아하던 엄마가 별세하자 영정과 관을 온통 장미로 장식한 어느 예쁜 독자에게 제가 직접 말린 장미 꽃잎으로 위로 카드를 만들어 보내려 합니다.

'가장 가까운 이들이/ 사랑의 이름으로/ 무심히 찌르는 가시를/ 다시 가시로 찌르지 말아야/ 부드러운 꽃잎을 피워낼 수 있다고', 이 구절을 일상의 삶에서 실천하기란 그리 쉬운 일이 아님을 수시로 경험합니다. 며칠 전 강연장에서 나를 소개하는 분이 덕담이라고 해주는 말이 왠지 날카롭고 듣기에 따라서는 오해의 여지가 있어 내심 못마땅했습니다. 조그만 가시 하나가 마음에 돋아나는 것을 알아차리고 그것을 들키지 않기 위해 얼른 방향을 바꾸어 안으로 침묵하기로 했습니다.

감정 조절을 못해 가시 돋친 말로 상대방을 찌르기보다는 그의 입장을 헤아리고 이해하는 쪽으로 순하게 마음을 길들이니 이내 평화가 찾아왔습니다. 가시 속에도 향기를 뿜어내는 장미! 장미의 아름다움을 예찬만 하지 말고 내가 삶에서 한 송이 장미가 되기로 선한 다짐을 해보는 이 아침, 장미를 닮은 고운 환희심이 한 송이 피어올라 슬며시 웃어봅니다.

여름 노래

아무리 더워도
덥다고
불평하지 않기로 했습니다

차라리
땀을 많이 흘리며
내가 여름이 되기로 했습니다

일하고 사랑하고
인내하고 용서하며
해 아래 피어나는
삶의 기쁨 속에

여름을 더욱 사랑하며
내가 여름이 되기로 했습니다

—「여름 일기 1」『풀꽃 단상』

떠오르는 해를 보고
멀리서도 인사하니
세상과 사람들이
더 가까이
웃으며 걸어옵니다

이왕이면
붉게 뜨겁게
살아야 한다고
어둡고 차갑고
미지근한 삶은
죄가 된다고
고요히 일러주는 나의 해님

아아,
나의 대답은
말보다 먼저 떠오르는
감탄사일 뿐

둥근 해를 닮은
사랑일 뿐!

—「여름 일기 2」『풀꽃 단상』

여름을 노래한 제 시가 생각보다 많은 것을 보면 여름의 장점을 익히며 이 계절을 잘 견뎌내야겠다는 의지가 담겨 있는 것 같습니다. 독자들이 좋아하는 저의 여름 시들 가운데 두 편을 다시 읽어보며 올 한 해도 기쁘게 '여름의 수련기'를 시작할까 합니다.

갈수록 지구가 뜨거워지니 여름도 더 빨라지고 더위 또한 이겨내기 더욱 쉽지 않아 '어떻게 한여름을 견뎌내나' 슬며시 겁이 나는 게 사실입니다. 수도복과 머리 수건의 무게까지 더하니 땀도 더 많이 나고 힘이 들어서 요즘 가장 부담되는 일이 무엇이냐고 물으면 "불평 없이 더위를 참는 일과 거르지 않고 꾸준히 약 먹는 일"이라고 대답하곤 합니다.

옷장에서 주섬주섬 삼베 홑이불을 꺼내는데 후배 수녀의 문자가 들어옵니다. "습기와 모기로 본원의 여름은 얼마나 덥고 밤잠을 설치실지 걱정됩니다." 혼자 머무는 침방엔 에어컨 대신 선풍기가 하나씩 주어졌으나 너무 더울 적엔 선풍기 바람마저 별 도움이 되질 않습니다. 공동으로 사용하는 휴게실에 비로소 에어컨을 설치해준다는 소식을 듣고 "살다 보니 이런 때도 있네?" 하며 웃어보는 우리 수녀들. 일명 '짤순이'라고 불리는 소형 탈수기만 있다가 노약자와 환자들을 배려해 신형 세탁기를 빨래방에 들여놓은 지도 얼마 되지 않았기 때문입니다. 너무 오래 써서 낡고 유난히 덜컹거리던 그 짤순이가 제가 출장 다녀온 사이 없어져 하마터면 울 뻔했습니다. 물건도 오랜 시간 사용하다 보니 워낙 정이 들었던 것이지요.

"유럽식의 큰 건물에 살면서 우리가 에너지 절약도 할 겸 불편한 가난을 선택해서 사는 걸 모르는 사람도 많을 거야. 좋은 지향은 '즐거운 불편'으로 감수해야 할 텐데 갈수록 '불편한 불편'이 되니 어쩌면 좋지?" 하고 저마다 푸념 섞인 반성을 하던 중 우리는 쓰레기 매립장과 생활폐기물 연료화 및 발전시설장 견학을 가서 폭염, 대기오염, 미세먼지, 온실가스에 대한 전문가의 특강도 듣게 되었습니다. 오늘 아침엔 바다 쓰레기에 대한 심각한 기사를 읽었습니다. 유난히 더 많은 쓰레기를 만들게 되는 계절이 여름이다 보니 우리 모두 집에서도 밖에서도 각자가 쓰레기 줄이는 노력을 조금씩이라도 하지 않으면 안 될 것 같습니다. 휴지 대신 손수건 쓰기, 나만의 컵 지니고 다니기 등 이런저런 결심을 다시 해보는 이 시간, 얼른 사무실의 에어컨을 끄고 부채를 찾으러 창고로 향합니다. 해를 보며 해 아래 사는 기쁨을 노래하게 만드는 이 여름을 새롭게 사랑하면서.

휴가의 순례길

바다라는 말만 들어도
가슴이 탁 트이고
산이라는 말만 들어도
한 줄기의 푸른 바람이
이마의 땀을 식혀 주는 한여름
저희는 파도에 씻기는 섬이 되고
숲에서 쉬고 싶은 새들이 됩니다

바쁘고 숨차게 달려오기만 했던
일상의 삶터에서
잠시 일손을 멈추고
쉼의 시간을 그리워하는 저희를
따뜻한 눈길로 축복하시는 주님

가끔 한적한 곳으로 들어가
쉼의 시간을 가지셨던 주님처럼
저희의 휴가도 게으름의 쉼이 아닌
창조적인 쉼의 시간으로 의미 있는
하얀 소금빛 보석이 되게 해주십시오

휴식의 공간이 어느 곳이든지
함께하는 이들이 누구든지
저희의 휴가길에는
쓸데없는 욕심을 버려서 환해진 미소와
서로 돕고 양보하는 마음에서 피어오른
잔잔한 평화가 가득하게 하십시오

피곤한 몸과 마음을 눕히는 긴 잠도
주님 안에 머물면
달콤한 기도의 휴식이리니
저희가 쉴 때에도 늘 함께하여 주심을 믿습니다

자연과의 만남을 통해
저희를 새로운 아름다움에
눈뜨게 하여 주시고
이웃과의 만남을 통해
삶의 다양성을 이해하게 해주시며
주님과의 만남을 통해
우울하고 메마른 저희 마음의 사막에
기쁨의 샘물이 솟아오르게 해주십시오

때로는 새소리, 바람 소리에 흠뻑 취하는
자유의 시인이 되어 보고
별과 구름과 나무를 화폭에 담아보는

화가의 마음을 닮아봅니다
사람들의 마음에 숨겨진 보물을
새로이 발견하고 감탄하기도 합니다
오랫동안 잊고 살던 아름다움의 발견에
가슴이 벅차오르는 순간들도
문득 자신이 초라하게 느껴지는 순간들도
즐거이 봉헌할 수 있음을 감사드립니다

휴가의 순례길에서
저희가 다시 집으로 돌아가기 전에
좀 더 고요하고 슬기로운 사람으로
새로워질 수 있도록 도와주십시오

넓디넓은 바다에서는
끝없이 용서하는 기쁨을 배우고
깊고 그윽한 산에서는
한결같이 인내하는 겸손을 배우며
각자의 자리에서 성숙하게 하십시오
항상 곁에 있어 귀한 줄 몰랐던
가족, 친지, 이웃과의 담담한 인연을
더없이 고마워하며 사랑을 확인하는
은혜로운 휴가가 되게 해주십시오

―「휴가 때의 기도」『사계절의 기도』

8월은 휴가를 떠나는 이들의 발걸음으로 다들 분주하고, 산과 바다 또한 쉴 틈이 없어 보입니다. 어떤 이는 자연의 명소를 찾을 테고, 또 어떤 이는 책과 함께 자신만의 취미와 빛깔대로 계획을 세우겠지요. 모처럼 가족들과 해외 나들이를 꿈꾸기도 할 것입니다. 내적, 외적으로 자신을 재충전하여 더 행복한 일상의 삶으로 돌아오는 것이야말로 휴가의 참된 의미가 아닐는지요.

바다가 있는 부산에도 휴가철이면 사람들이 많이 몰려오고, 우리 수녀원 객실에도 빈방이 없을 만큼 다양한 계층의 손님들이 찾아옵니다. 휴가 기간에는 여기저기서 예기치 않은 사건 사고도 많이 나기에 늘 마음 한쪽이 조마조마하여 기도를 더 열심히 하게 됩니다. 저는 오늘 이렇게 기도하며 휴가 길의 이웃, 친지들을 기억합니다.

바다를 꺼내 끌어안으며

오늘은
맨발로
바닷가를 거닐었습니다

철썩이는 파도 소리가
한 번은 하느님의 통곡으로
한 번은 당신의 울음으로 들렸습니다

삶이 피곤하고
기댈 데가 없는 섬이라고
우리가 한 번씩 푸념할 적마다
쓸쓸함의 해초도
더 깊이 자라는 걸 보았습니다

밀물이 들어오며 하는 말
감당 못할 열정으로
삶을 끌어안아보십시오
썰물이 나가면서 하는 말
놓아버릴 욕심들을
미루지 말고 버리십시오

바다가 모래 위에 엎질러놓은
많은 말을 다 전할 순 없어도
마음에 출렁이는 푸른 그리움을
당신께 선물로 드릴게요

언젠가는 우리 모두
슬픔이 없는 바닷가에서
하얗게 부서지는 파도로
춤추는 물새로 만나는 꿈을 꾸며
큰 바다를 번쩍 들고 왔습니다

―「바닷가에서」『작은 기쁨』

지난번 한바탕 태풍이 왔을 때, 바다가 토해낸 쓰레기로 몸살을 앓던 부산 광안리 바닷가는 다시 평온을 찾고 많은 사람들이 수영을 하거나 산책을 하고 있습니다. 본래의 모습을 지킬 수 있도록 도움 받지 못하는 저 바다는 얼마나 힘들고 고단할까 생각하며 가만히 위로하고 싶을 때가 있습니다. 제 일상의 삶에 많은 기쁨과 행복을 안겨준 광안리 바다이기에 어디엘 갔다가도 금방 돌아오고 싶어지곤 합니다.

오랜만에 글방(수녀원 내 '해인글방')을 방문한 동료 수녀에게 그가 좋아할 만한 것들을 몇 가지 챙겨두었다가 건네주니 "제가 처음 수녀님을 만났을 때와 비교하면 지금의 수녀님은 안팎으로 많이 넓어진 모습이에요"라고 말했습니다. 잠시 당황스러운 마음으로 제가 급히 대답했지요. 그건 아마도 수도 연륜의 내공이 주는 선물이고, 늘 함께 있는 바다 덕분인 것 같다고. 매일 바다를 보고 사는데 어찌 마음을 넓혀가지 않을 수 있겠느냐고.

휴가를 떠나는 모든 사람들에게 올해도 앤 모로 린드버그 여사가 쓴 짧지만 울림이 강한 불후의 명저 『바다의 선물』을 일독하라고 권하고 싶습니다. 바다는 오늘도 나에게 친구처럼 어머니처럼 스승처럼 많은 이야기를 건네옵니다. 꿈에도 가장 많이 등장하는 시원한 바다, 넉넉한 바다. 그리움의 바다를 곁에 두고 사는 저는 오늘도 바다에 나가지 않고도 마음이 답답하고 좁아지려 할 때마다 바다를 꺼내 끌어안는 '바다의 연인'입니다. 바다에 대해 쓴 동명의 시 한 편을 다시 읽어보며, 행복한 여름 아침을 맞이해봅니다.

내가
눈이 맑은 어린이들과
바닷가에서
마음껏 뛰어노는 꿈을 꾸고 난
행복한 아침

오래된 친구와 같이
바닷가에 나갔더니
물새들이 달려와
반겨줍니다

흰 모래 위에서
수평선을 바라보며
사랑을 고백하는 행복
이 사랑은

하도 깊고 넓어서
고백의 말이 끝나질 않네요

기다리다 못해
푸른 파도가
밀려오고 밀려가며
끝도 없는 내 마음
대신 고백해줍니다

벼꽃이 필 무렵

나는 듣고 있네
내 안에 들어와
피가 되고
살이 되고
뼈가 되는
한 톨의 쌀의 노래
그가 춤추는 소리를

쌀의 고운 웃음
가득히 흔들리는
우리의 겸허한 들판은
꿈에서도 잊을 수 없네

하얀 쌀을 씻어
밥을 안치는 엄마의 마음으로
날마다 새롭게
희망을 안쳐야지

적은 양의 쌀이 불어
많은 양의 밥이 되듯

적은 분량의 사랑으로도
나눌수록 넘쳐나는 사랑의 기쁨

갈수록 살기 힘들어도
절망하지 말아야지
밥을 뜸 들이는 기다림으로
모락모락 피어오르는 희망으로
내일의 식탁을 준비해야지

―「쌀 노래」『서로 사랑하면 언제라도 봄』

농촌진흥청에서 나오는 잡지에 이 시를 싣고 싶다고 연락이 와서 다시 읽어보게 되었습니다. 예전처럼 쌀 소비가 되지 않는 현실을 안타까워하는 어떤 기사를 읽고 제가 나름대로 쌀을 예찬해본 노래입니다. 어린 시절 어른들이 푸른 논을 가리키며 "저기 보이는 게 쌀 나무란다. 저 안에 쌀이 들어 있어" 하면 가녀린 풀잎 속에서 어떻게 딱딱한 쌀이 숨어 있다는 것일까 한참을 신기하게 생각했던 기억이 납니다.

진정 한 톨의 쌀이 우리에게 오기까지의 여정을 생각하면 밥을 먹을 때마다 더 경건하고 고마운 마음으로 먹게 됩니다. 제가 속한 본원 공동체에서는 일주일에 두 번 아침 식사에 빵을 먹고, 두 번 정도 저녁에 죽이나 국수를, 나머지는 늘 밥을 먹는데 한결같이 밥만 선호하는 자칭 '밥순이'들이 많습니다. 어려운 소임을 할 때도 밥의 힘으로 살기에 밥은 결코 물리는 일이 없는 주식입니다. 그래서 "우리도 누구에게나 밥과 같은 사람이 돼야 한다"며 밥의 영성을 서로 나누기도 합니다.

얼마 전 당진시에 있는 솔뫼 베네딕도의 집에 들렀다가 친구 수녀가 책임지고 돌보는 논에 나가 이런저런 설명을 듣는데 그녀가 새삼 감탄을 하며 말했습니다.

"수녀님, 벼에도 꽃이 있는 거 아세요? 너무 작으니 자세히 들여다보세요. 벼꽃이 필 무렵 정말 밥 냄새가 난다니까요."

우리가 웃으면서 쌀을 예찬하는 소리를 들판의 벼꽃도 들었을 거라 믿습니다. 엊그제는 예쁘게 포장된 쌀을 선물로 받았는데, 밥을 따로 해 먹을 일은 좀체 없지만 그래도 언제 한번 공동 식탁에 가지 않아도 되는 날이 오면 밥을 지어 먹으며 황금빛 들판을 마음에 담는 기쁨을 만끽해야겠습니다. '적은 양의 쌀이 불어 많은 양의 밥이 되는' 사랑의 신비를, 익을수록 고개를 숙이는 벼의 영성을 새롭게 묵상하고 되새기면서!

나무에게 받은 위로

고운 말로 사랑하는 법

싫어
하고 네가
누군가에게 말하는 순간은
나도 네가 싫다

미워
하고 네가
누군가에게 말하는 순간은
나도 네가 밉다

절대로 용서 못해
하고 누군가에게
네가 말하는 순간은
나도 너를 용서할 수가 없다

우리를 아프고
병들게 하는 그런 말
습관적으로 자주
하는 게 아니었어

내가 아프고 병들어보니
제일 후회되는 그런 말
우리 다신 하지 말자

고운 말만 하는데도
시간이 모자라잖니
화가 나도 이왕이면
고운 말로 사랑하는 법을
우리 다시 배우자

—「어떤 고백」『희망은 깨어 있네』

'싫다, 밉다, 지겹다, 죽어도 못 참겠다, 절대 용서할 수 없다, 그를 다시 만나면 내가 사람이 아니다' 등 매우 힘들고 화나는 일이 생길 때 마구 충동적으로 쏟아내는 말을 들으면 그 마음을 이해 못하는 바는 아니지만 다소 지나치다 싶을 적도 많습니다. 강하고 부정적인 표현은 되도록 안 하고 살도록 교육도 받고 실천도 하지만, 그게 생각처럼 안 돼 속상할 때가 있습니다.

이 시는 어느 날 같은 자리에서 싫다, 밉다, 용서 못하겠다는 말을 하도 많이 반복해서 하는 어떤 사람의 말을 듣고 떠오른 생각을 정리해본 것입니다. 어쩌면 이 시는 누구보다도 제 자신에게 하고 싶은 충고일지 모릅니다. 시간이 지나고 나이가 들수록, 수도 연륜이 더해질수록 부정적인 말보다는 조금 더 긍정적인 말을 듣고 또 하면서 살고 싶은데, 현실적으로는 그렇질 못하니 때로는 체념 아닌 체념을 하게 되는 제 모습을 봅니다.

"그 사람은 자기만큼은 절대로 국제결혼 같은 건 안 하겠다더니 동료들 중 가장 먼저 국제결혼을 했다니까요. 그러니 어떤 경우에도 '절대'라는 말은 쓰지 않는 게 좋겠어요." 바로 어제 제 가까운 지인이 이렇게 말하는 걸 들었습니다. 최근에 만난 어느 교사는 집중력이 부족하고 문제 행동을 일삼던 학생이 다른 학생의 사소한 잘못에 흥분하는 걸 보고 "나도 너를 참아주고 화를 내지 않았으니 너도 당연히 그렇게 해야지"라고 말했답니다. 그러자 이내 수긍을 했다고 하더군요.

처음 만나자마자 온갖 일에 불평불만을 늘어놓거나 남의 흉부터 보는 사람, 심지어 친한 친구들을 만난 자리에서조차 덕담은커녕 묘하게 동료의 허물과 단점을 들추어 그의 인격을 깎아내리는 사람을 보는 건 괴로운 일입니다. 신문을 펼치면 국민에게 선한 영향력을 끼쳐야 할 이들이 어찌 그리도 심한 말로 상대방을 비난할 수 있을까 싶어 마음이 답답하고 우울해지곤 합니다. 사석에서 생각이 다른 사람과 언쟁을 하게 되더라도, 공석에서 토론하다 혹시 감정이 올라오더라도 그렇게까지 분노와 증오가 가득한 인신공격적인 발언을 해야 하는 건지 당혹스러울 때가 많습니다.

"스스로 언행을 제약하여 신중히 하면 실수하는 일이 적을 것이다" "옛사람이 함부로 말을 입 밖에 내지 않았던 것은 실천이 말대로 되지 못할까 부끄러워했기 때문이다" 오늘도 『논어』의 「이인」 편을 다시 읽어보며 마음을 추스릅니다. 고운 말만 하기에도 모자라는 시간인 만큼 하고 나서 후회하기보다 미리 주의를 기울이는 편이 현명할 것입니다. 우리 모두 각자의 마음을 좀 더 순하게 길들여서 어떤 경우에도 극단적이고 충동적인 막말을 하지 않도록 꾸준히 노력할 수 있길 바라고 또 기도합니다.

나무에게 받은 위로

길을 걷다가
하도 아파서
나무를 껴안고
잠시 기도하니
든든하고
편하고
좋았어요

괜찮아
곧 괜찮아질 거야

나뭇잎들도
일제히 웃으며
나를 위로해주었어요

힘내라 힘내라
바람 속에 다 같이

노래해주니
나도 나무가 되었어요

—「나무를 안고」『희망은 깨어 있네』

오래전 큰 수술을 받고 퇴원하기 전, 의사는 저에게 "퇴원하고 나면 가끔씩 땅에 주저앉고 싶을 만큼의 큰 통증이 올 거니 그리 아세요"라고 했습니다. 한참 만에 다시 병원에 가서 그렇게 심하게는 아니고 그냥 참을 만한 통증만 왔다고 의사에게 말하니 "그러면 아주 다행이지요! 일부러 통증이 오기를 기다렸어요?" 하며 웃었습니다.

이 시는 어느 날 수술 후유증과는 별개로 온몸이 중심을 못 잡고 아플 때 옆에 잠시 나무를 붙들고 서서 기도하며 떠오른 생각을 정리해본 것입니다. 아픔이 다 가신 건 아니어도 나무를 의지해 서 있으니 어찌나 위로가 되던지! 그 후로 저는 세상의 모든 나무들이 더 좋아졌습니다. 나무가 많은 집에 살고 있는 것은 커다란 기쁨이 아닐 수 없습니다. 이유 없이 기분이 우울하고 가라앉아 힘들 때, 제가 해결할 수 없는 이웃의 아픔과 슬픔의 무게로 부담을 느낄 때, 인간 관계에서 오는 어려움이 정리가 안 되어 마음에 그늘이 낄 때 저는 항상 나무 앞에 오래 서서 도움을 청했습니다.

계절에 따라 모습을 달리하는 느티나무, 미루나무, 은행나무, 단풍나무, 오동나무 그리고 늘 푸른 소나무, 잣나무에 이르기까지 저는 얼마나 자주 그들에게서 위로를 받았는지 모릅니다. 때로는 따뜻한 눈길의 친구로, 때로는 상처와 아픔을 달래주는 치유의 의사로, 때로는 바른 소리를 하는 준엄한 선생님으로 나무들은 늘 곁에서 힘이 되어주었습니다.

오며 가며 나무를 보는 것 자체가 하나의 기도입니다. '내 마음이여 조용히 저들 나무는 기도하고 있습니다'. 어린 시절에 만난 타고르의 시 중 이 한 구절에 반해 마음이 힘들고 시끄러울 적마다 화살기도처럼 되풀이해 외우곤 했습니다. 그래서 인도의 타고르 기념관에서 이 시를 만났을 땐 첫사랑을 만난 듯 반가워 가슴이 뛰었습니다.

'Be Still······ my heart! those trees are prayers', 바로 이 구절이 아름다운 나무와 함께 새겨진 영문 사진집을 발견하고 즉시 구입해 지금껏 보물로 간직하고 있습니다. '내 마음이여 조용히!' 두 손 모아 합장하며 나무를 바라보는 이 가을, 나무의 마음으로 주위를 둘러보니 수도원의 가족들도 다들 모습은 다르지만 아름다운 한 그루 나무로 살아옵니다. 저의 시 「나무의 연가」를 다시 읽어보며, 오늘도 나무가 되어 나무에게 다시 한 번 사랑을 고백해봅니다.

당신을
보기만 해도
그냥
웃음이 나요
이유 없이 행복해요

웬만한 아픔
견딜 수 있고
어떠한 모욕도
참을 수 있어요

바람 많이 불어도
뿌리가 깊어
버틸 수 있는
내 마음
모두 당신 덕분이지요

어느 날
열매를 많이 달고
당신과 함께
춤을 추고 싶어요

다정한 안부

좀 어떠세요?
누군가 내게 묻는
이 평범한 인사에 담긴
사랑의 말이
새삼 따뜻하여
되새김하게 되네

좀 어떠세요?
내가 나에게 물으며
대답하는 말
—몸은 힘들어도
마음은 평온하네요—

좀 어떠세요?
내가 다른 이에게
인사할 때에는
사랑을 많이 담아
이 말을 건네리라

다짐하고 연습하며

빙그레 웃어보는 오늘

살아서 주고받는
인사말 한마디에
큰 바다가 출렁이네

—「좀 어떠세요?」『희망은 깨어 있네』

"좀 어떠세요?" 병원에 입원해 있는 동안 눈만 뜨면 수없이 많이 들어왔던 이 말이 요즘은 문득 그리울 때가 있습니다. 워낙 침묵과 절제를 강조하는 수도원에 살다 보면 필요한 침묵조차 때론 거룩함을 위장한 무관심으로 여겨져 서운할 적이 있습니다.

원내의 어떤 행사를 주관한 뒤 마치고 방으로 들어올 때, 밖에서 볼일을 보고 며칠 만에 집으로 들어올 때 동료가 건네주는 간단한 인사말 한마디가 때로는 피곤을 풀어주는 위로가 되며 따뜻한 힘을 실어주곤 합니다.

어느 날 제가 무거운 가방을 들고 들어올 때였습니다. 마침 후배 수녀 한 명이 지나가 도움을 청하려고 부르려는데 그녀는 저를 외면하고 쏜살같이 저녁 기도 종소리가 들리는 성당을 향해 언덕길을 올라갔습니다. 다음 날 저는 그녀에게 웃으며 말했습니다. 기도에 늦지 않으려는 그 마음은 잘 알겠는데, 그래도 먼 길 떠났다 오는 이에게 "이제 오느냐"고 물으며 엘리베이터 타는 데까지만이라도 가방을 같이 들어줬으면 너무 기뻤을 텐데 싶었다고 말입니다. 그녀는 미안하다면서 저를 얼핏 보긴 했지만 성당을 가야겠다는 마음만 급해 인사할 여유가 없었노라고 말했습니다.

살아온 날들을 돌이켜 보면 저도 눈이 있어도 보지 못하고 자신의 감정에만 빠져 옆 사람의 필요에 깨어 있지 못한 채 그냥 지나친 적이 한두 번 아닙니다. 뒤늦게 후회를 해보지만 이미 그 순간은 지나가고 다시 오지 않는다는 그 안타까움! 그래서 오늘도 열심히 "좀 어떠세요? 괜찮으세요?"

인사말을 챙기려고 노력합니다.

　뇌를 수술하고 퇴원해서 겨우겨우 걸어 다니는 후배 수녀에게, 약간의 치매로 말문을 닫고 미소만 띠는 선배 수녀님에게, 갑작스러운 사고로 어린 아들을 잃고 상심하는 어느 지인에게, 바로 며칠 전 복잡한 가정사를 고백하며 울먹이다가 이내 미래의 꿈과 희망을 이야기하며 환히 웃어주던 어린 학생 독자에게 좀 어떠냐는 안부 인사를 다시 전해야겠습니다. 말이나 글로 평범하지만 뜻깊은 인사말과 위로를 전하다 보면 제가 앞으로 어떻게 그들을 도와야 할지 좀 더 구체적인 애덕의 방법도 떠오를 것이라 믿습니다.

　일상의 길 위에서 각자의 몫을 다하며 수고가 많으실 여러분께도 "오늘은 좀 어떠세요?"라고 묻고 싶습니다. "힘내세요! 사랑합니다!"라는 인사를 전하고 싶습니다.

사랑받는 작은언니가 되기 위해

동생이 나에게
작은언니!라고 부를 적마다
내 마음엔 색색의
패랭이꽃들이 돋아나네

왜 그래? 대답하며
착해지고 싶네

이슬 묻은 풀잎들도
오늘은 나에게
작은언니라고 부르는 것 같아

그래그래
웃으며 대답하니
행복하다

수녀(sister)는
언니(sister)라는 말도 된다지

작은 일에 감동을 잘하고

오직 사랑 때문에
눈물도 많은 언니

싸움이 나면
세상 끝까지 가서
중간 역할을 잘해
평화를 이루어내는

사랑받는
작은언니가 되고 싶네

—「작은언니」『작은 위로』

며칠 전 서울에 사는 제 여동생이 아이들을 데리고 부산에 다녀갔습니다. 그에겐 언니가 둘이니 늘 큰언니, 작은언니로 구분해서 부르는데 큰언니가 세상을 떠나고 나니 작은언니의 존재가 더 소중하게 생각된다고 만날 적마다 말하곤 합니다.

　작은언니라는 말에 숨어 있는 다정함과 따뜻한 느낌을 새롭게 사랑하며 날마다 누군가의 작은언니, 작은누나 역할을 하고 싶습니다. 식구들이 다 맘에 안 들어 때론 가출하고 싶다는 어느 청소년에게, 사소한 일로 마음 상한 동료를 용서 못해 스스로에게 화가 나서 괴롭다고 고백하는 이에게, 지금 믿는 종교가 맘에 안 들어 다른 종교로 바꾸고 싶다는 이에게, 갈수록 사는 일이 우울하고 재미없어 종종 자살의 유혹을 느낀다는 이에게 저는 명쾌한 해결책을 제시하는 능력은 없으나 나름대로의 방법으로 중간 역할을 잘 하는 작은언니가 되고자 합니다.

　어떤 충고를 해야 할 때 상대방의 자존심을 건드리지 않는 낮고 조용한 언니 목소리로 조금은 떨면서 조심스레 말을 건네면 완고했던 상대방의 마음이 순하게 바뀌는 것을 여러 번 보아왔습니다.

　요즘은 누가 싸우고 있어도 불이익을 당할까봐 두려워서 그러는지 별로 말리는 이들이 없는 것 같습니다. 한번은 함께 단풍놀이 여행을 다녀오던 중년의 여고 동창생들 중 두 친구가 휴게소에 버스를 세워놓고 큰소리로 싸우는 걸 발견한 적이 있습니다. 다들 방관만 할 뿐 아무도 말리지 않고

서 있었습니다. 제가 안타까워하며 다가가자 수녀들은 말렸지만 용기 있게 외쳤지요. "친구들끼린데 서로 심하게 욕만 하면 어떡해요. 싸우더라도 고운 말로 싸우셔야지요" 했더니 "봐라. 수녀님이 고운 말로 싸우란다. 이제 그만하자" 하며 다들 버스 안으로 들어갔습니다. 이러지도 저러지도 못하고 있던 싸움꾼 동료들은 일부러 제게 와서 고맙다며 웃었습니다.

자기가 무얼 잘못해도 꾸지람해주는 어른이 없다면서 "너는 나쁜 놈이다"라고 일부러 말해달라는 편지를 보내온 어린 독자도 있었습니다. 마약중독, 게임중독의 유혹에서 빠져나오는 게 쉽지 않아 힘들다는 사람에겐 어떤 충고를 해야 좋을지. 목욕탕에서 쓰러진 뒤 의식이 없다가 열흘 만에 깨어나 중환자실에 있다는 지인에겐 또 어떤 말로 위로를 건네야 할지. 갑자기 파산해서 집을 저당 잡히고 식구들이 뿔뿔이 흩어져 살고 있어 슬프다는 미지의 독자가 힘과 위로가 되는 무슨 말이라도 해달라고 부탁할 때면 어떻게 해야 좋을지. 오늘도 이 힘없는 '작은언니'는 기도만으론 해결되지 않는 이런저런 궁리로 고민 중입니다. 같은 피를 나눈 한민족끼리 지속적으로 교묘하게 싸우는 일은 대체 누가 말려야 이 땅에 평화가 도래할 것인지 너무 답답해 하늘만 쳐다보는 시간이 갈수록 많아집니다.

중심 잡기

오늘도 중심을 잘 잡아야지
결심하는 것이
내 하루의 첫 기도이다
걸어가는 일
글을 쓰는 일
사람을 대하는 일
기도하는 일에 있어서도
중심을 잘 잡아야 넘어지지 않는 법
한 번 흔들리면
계속 흔들린다
한 번 불안하면
계속 불안하다
중심을 잡으려고
노력하고 또 노력해서
잘 버티어 낸 것에 대한 감사가
내 하루의 마침기도이다
꿈속에서도

중심을 잘 잡는 법을 연습하여
웃어보는 나의 행복이여

―「중심 잡기」〈연인〉(2019, 가을호)

요즘 우리는 사진을 잘 찍는 수녀님의 안내와 지시에 따라 각자 독사진을 찍습니다. 좀 더 멀리는 십이 년 후에 있을 수녀회 설립 100주년을 준비하는 뜻에서, 가까이는 오백 명 넘는 회원들의 얼굴을 좀 더 잘 알기 위한 가족 앨범을 마련하고자 그룹으로 나누어 찍습니다.

오늘은 꽃과 나무가 정겨운 마당에 의자를 놓고 노약자나 환자 중심으로 모였는데 저도 이 그룹에 들어가 사진을 찍었습니다. 어쩜 미래의 영정(요즘은 장수 사진이라고도 하지만)사진이 될지도 모를 사진을 찍으면서 우리가 주고받는 대화들은 어찌나 즐겁고 정겨운지 모두 녹음을 해두고 싶었습니다. 걸음도 겨우 걷고 표정도 굳어 있는 환자와 노수녀들을 웃게 만들려고 젊은 수녀들이 마치 돌잔치에 온 하객들처럼 손뼉을 치고 애교를 부려 안 웃을 수가 없었습니다.

한 장의 사진이 잘 나오기 위해서도 중심과 각도를 잘 잡아야 하듯이 인생 전반에 걸쳐서도 결국은 중심을 잘 잡는 일이 매우 중요한 덕목으로 여겨집니다. 하루하루를 잘 살아간다는 것은 어쩌면 흔들리는 상황 속에서도 정신 똑바로 차리고 중심을 잘 잡는 일일 것입니다. 자신의 가치관이 흔들릴 때, 신앙이 흔들릴 때, 오래된 사랑과 우정이 흔들릴 때, 다시 중심을 잡을 수 있는 내적인 힘을 키우는 것이야말로 성숙한 사람이 지닐 수 있는 가장 귀한 보물이고 지혜가 아닐는지요.

지난해 두 무릎을 수술하고 한동안 걸을 수 없을 때는 중심을 잡고 한 번만이라도 제대로 걸어보는 것이 소원이었습니다. 병실 복도에서 걸음 연습을 하는 제게 의사는 늘 "허리를 세우고 똑바로 걸어보세요! 중심을 잘 잡아보세요" 하고 말했지요.

수녀원 입회 이후 가장 힘들었던 일 가운데 하나는 자신이 선택한 삶의 중심을 제대로 못 잡은 이들이 "다른 길도 있다"고 저를 마구 흔들었을 때입니다. 흔들리지 않으려고 해도 그 힘이 어찌나 세던지 하마터면 유혹에 넘어갈 뻔했습니다. 지금은 수도원을 떠나 모두들 각자의 길에서 나름대로 열심히 살고 있을 것이고, 이미 세상을 떠난 이도 있지만 그때 길을 바꾸지 않고 초심으로 버티어 낸 것을 다행으로 여기고 있습니다.

말을 잘못 전해 사람과 사람 사이에 불화를 만들지 않는 것, 어느 자리에서나 중간 역할을 잘해 평화를 만들어가는 것 역시 중심을 잘 잡는 일일 것입니다. 곁에 있는 가족, 친지, 이웃을 골고루 사랑하며, 일터에서 맞이하는 다양한 손님들을 차별 없이 대하며, 일상의 시간들에 감사하며 맡은 일을 충실히 수행하는 것이 곧 중심을 잘 잡는 일임을 기억하며 오늘도 기쁘게 하루를 시작합니다.

단풍잎이 가르쳐준 영성

사랑하는 이를 생각하다
문득 그가 보고 싶을 적엔
단풍나무 아래로 오세요

마음속에 가득 찬 말들이
잘 표현되지 않아
안타까울 때도
단풍나무 아래로 오세요

가만히 서 있기만 해도
세상과 사람을 향한 그리움이
저절로 기도가 되는
단풍나무 아래서
하늘을 보면 행복합니다
별을 닮은 단풍잎들이
황홀한 웃음에 취해
나의 남은 세월 모두가
사랑으로 물드는 기쁨이여

―「단풍나무 아래서」『희망은 깨어 있네』

반년 이상 하복인 흰 수도복을 입다가 검은 수도복으로 갈아입는 11월이 저는 참 좋습니다. 김현승 시인이 '빛을 넘어 빛에 닿은 단 하나의 빛'이라고 표현한 「검은 빛」이라는 시도 다시 찾아 읽어보니 마음이 더 고요하고 엄숙해집니다.

남쪽이라 단풍나무가 귀한 우리 집 정원에는 제가 눈여겨보는 단풍나무가 한 그루 있습니다. 가을이 되면 자주 그 나무 아래 서 있길 좋아합니다. 사람들은 왜 그리 물든 나뭇잎을 좋아하는 건지! 노랗게 빨갛게 물든 나뭇잎들을 구경하려고 일부러 여행을 떠나는 이들의 모습이 정겹습니다.

얼마 전 우리 수녀원에서도 몇 그룹으로 나누어 성지순례를 겸한 가을 나들이를 하고 왔습니다. 저는 당연히 가장 나이 많은 수녀들의 그룹에 들어가 거제도에 다녀왔는데 동행하는 모든 수녀들의 모습이 하나의 단풍잎으로 보였습니다. 푸른 바다와 하늘, 단풍을 보며 다들 동심으로 돌아 간 듯 어찌나 감탄사를 연발하던지! 당장 즉흥시를 읊어보라고 저에게 주문하기에 "아름다움이 지나치면 말도 글도 안 나와 그냥 침묵할 수밖엔 없다"고 평계를 대며 자연과의 교감에 더 충실하고자 했습니다.

젊은 날에는 새파랗게 예쁜 모습으로 일도 열심히 했던 수녀들이 이제는 소임지에서 물러나 청소, 빨래, 설거지 등 집안일을 도우며 조용히 숨어 사는 모습이 아름답습니다. 더러는 움직임이 원활하지 못해 보호자를 필요로 하기도 하지만, 다들 각자의 몫을 사랑으로 물들이며 하나의 단풍 잎으로 살아갑니다.

단풍잎이 우리에게 가르쳐주는 영성이란 헛된 욕심을 버리고 혼자만 잘난 체하기보다 다른 사람의 좋은 점도 배우며 공동선을 지향할 줄 아는 겸손의 영성이 아닐는지요. 바람에 떨어지는 나뭇잎을 보면 조금씩 사라져가는 지상에서의 남은 시간들이 떠올라 저절로 숙연해지는 마음입니다. 그동안 쓴 가을 시들이 꽤 많지만 독자들이 가장 많이 애송해주는 시 「가을 편지」를 여러분과 나누고 싶습니다.

늦가을 산 위에 올라
떨어지는 나뭇잎들을 바라봅니다
깊이 사랑할수록
죽음 또한 아름다운 것이라고
노래하며 사라지는 나뭇잎들
춤추며 사라지는 무희들의
마지막 공연을 보듯이
조금은 서운한 마음으로
떨어지는 나뭇잎들을 바라봅니다
매일 조금씩 떨어져나가는
나의 시간들을 지켜보듯이

달콤한 잠

아무리 힘이 들어도
한숨 자고 나면
거짓말처럼 편하고
가벼워지는 몸
잠은 나에게
달콤한 꿈이고
살려주는 은인이고
만만한 친구이네

고마운 마음
잊고 있다가도
힘들 때면
몹시 그리운 잠
약이 되고 꿀이 되는 잠

잠이 있어
이만큼 살아왔네

—「꿀잠」『희망은 깨어 있네』

저는 한때 잠이 빨리 든다는 사람, 깊이 잔다는 사람을 몹시 부러워했습니다. 아무리 노력해도 잠이 빨리 오지 않거나 잔다고 해도 숙면을 취하는 일이 적어 그것이 일상의 삶에도 방해가 되곤 했지요.

요즘은 비교적 잠을 잘 자는 게 스스로 생각해도 신기할 정도입니다. 처음엔 약 기운 때문인가 의심했지만 십여 년을 투병하면서 몸이 원하는 잠의 중요성을 깨우치고 잘 응답하려 노력하다 보니 그리된 것 같습니다.

맛있는 잠, 꿀잠, 달콤한 잠에 대한 예찬론을 시로 요약해보기도 합니다. 어느 날은 「잠 일기」에서 이렇게 적었지요.

잠을 자면서
나는
근심을 내려놓고
평화를 업어주는
착한 엄마가 됩니다

슬픔을 위로하고
기쁨을 많게 하는
고운 천사가 됩니다

잠을 자면서
나는
꿈을 사랑하는

꿈이 됩니다

요즘은 자주 기차를 타고 서울과 부산을 오르내리는데, 그때 스마트폰이나 노트북으로 작업하는 이들과 함께 정신 없이 자고 있는 사람도 꽤 보입니다. 얼마나 피곤하면 집이 아닌 기차 안에서 저렇게 편히 잘 수 있을까 생각하며 유심히 관찰해보기도 합니다. 대부분의 사람들이 잠을 자는 동안만은 순하고 부드러운 모습입니다. 사납고 노여운 눈길, 증오에 일그러진 표정은 찾아 볼 수 없고 대개 평화로운 얼굴을 하고 있습니다.

밤 시간에 일을 하느라 늘 잠이 부족한 사람들을 위하여 잠시 눈을 붙일 수 있게 도와주는 장소도 있다고 들었습니다. 수면제를 먹어야 겨우 잠들 수 있고 밤마다 악몽을 꾸어 괴롭다고 호소해오는 친지들을 더 자주 기억하는 요즘입니다. 진정 잠을 잘 자야만 마음이 조금은 넉넉해지고 성격도 좋아질 것 같습니다. 기도 시간에 어찌 성당에서 잠을 잘 수 있느냐고 곧잘 남의 흉을 보던 제가 이젠 더 많이 졸고 있으니 얼마나 부끄러운지! 그런데 그 잠깐의 잠이 또 얼마나 맛있고 황홀한지 깨고 싶지 않은 적도 있었습니다.

길가메시 서사시에 나오는 '잠자는 이들과 죽은 이들이 어쩌면 그렇게 서로 같은지!'라는 구절을 저는 좋아합니다. 우리가 매일 잠을 잔다는 것은 어쩌면 그 어느 날 느닷없이 찾아올 영원한 잠을 미리 연습해보는 겸허한 눈감음이 아닐는지요. 꿀잠을 자면서 이 실습을 잘 하다 보면 영영 깨어

나지 못할 길고 긴 잠의 나라도 웃으면서 가지 않을까, 오늘
은 그런 생각을 하면서 다시 잠을 청해봅니다.

익어가는 삶

식탁 공동체

독서자가 큰 소리로
책 읽는 소리를 들으며
밥을 먹는데

식탁 위의 반찬도
숟가락 젓가락도
나보다 먼저 엎디어
기도를 바치고 있네

침묵 속에 감사하며
엄숙하게 먹는 밥도
수십 년이 되었건만

나는 왜 좀 더
거룩해지지 못할까
밥에게도 미안하네

멀리 바다가 보이고
창가에선
고운 새가 노래하고

나는 환히 웃으며
일상의 순례를 시작하네

―「수도원의 아침 식탁」『필 때도 질 때도 동백꽃처럼』

우리가 가족회의를 할 적마다 식사의 속도가 너무 빠르니 좀 천천히 먹자고 아무리 여러 번 말해보아도 빨리 먹는 습관은 잘 고쳐지질 않습니다. 노약자들 스무 명이 따로 먹는 병원 식당에선 그런대로 조절이 되지만, 열두 명씩 앉아서 밥을 먹는 여덟 개의 식탁이 있는 큰 식당에선 이 약속이 제대로 이행되지 않아 고민입니다. 독서 담당자의 책 읽는 소리에도 귀를 기울여야 하고 옆 사람의 필요도 눈치껏 살펴야 하며 식복사의 움직임에도 주의를 기울이며 깨어 있어야 하는 수도원의 식당은 진정 성당 못지않은 거룩한 공간입니다.

침묵할 때도 많지만 장상이 종을 쳐 신호를 하면 서로의 대화가 이루어지는데 나는 이 시간을 좋아합니다. 별로 큰 뜻 없이 전하는 평범하고 사소한 일상의 근황들, 가벼운 농담들, 자연에 대한 관찰과 시사적인 내용까지. 이 시대를 함께 사는 이들로서의 기쁨과 슬픔을 공유합니다.

지금 내가 속한 6번 식탁 열두 명 중에 나는 서열이 세 번째인 언니입니다. 종종 흐뭇한 미소로 후배 수녀들을 바라보며, 한 공동체에 함께 살아가는 특별한 인연을 고맙게 되새기며 스스로 감동하곤 합니다. 밥그릇 수만큼 안으로 쌓인 덕이 부족한 부끄러움조차 기쁘게 봉헌하는 수도원의 식탁에서 오늘도 밥을 먹는 행복과 갓 입회했던 시절의 설렘을 떠올리며 새롭게 감사드립니다.

삶의 구름다리

사계절 내내
우리 수도원의 복도는
침묵 속에 말한다
인생 여정을 길게 펼쳐 보이는
하나의 길이 된다

창문을 통해
하늘과 바다를 보고
산과 나무를 보며
나는
가만히 서 있기도 하고
바삐 일터로 향하는 수녀들과
눈인사를 나누기도 하는 곳
먼저 세상을 떠난 이들의
쓸쓸한 그림자가
비치기도 하는 곳

오늘도
성당으로 식당으로
침방으로 정원으로

내가 살아서 걸어가는
삶의 구름다리
내가 제일 사랑하는
길 위의 집

내가 순례객임을
시시로 일깨워주는
수도원의 복도에서
나의 일생은 기도가 되네

—「수도원 복도에서」『필 때도 질 때도 동백꽃처럼』

수도원의 복도는 늘 많은 생각을 하게 해줍니다. 깊은 침묵과 정적이 깃든 밤 시간의 복도는 엄숙하다 못해 문득 무서울 때도 있답니다. 스타치오(성당에 들어가기 전 복도에 두 줄로 서서 잠시 마음을 모으고 신호가 울리면 입장해 서로 마주 보며 절을 하고 자기 자리로 가는 예절이 있는데, 우리는 이를 '스타치오statio' 라고 부릅니다)를 하는 우리 수녀원 성당 앞의 일층 복도도 좋지만 저는 창문이 아주 많은 이층 복도를 더 좋아합니다. 한참 어렸던 예비 수녀 시절 창문으로 보이는 정원의 꽃을 바라보며 감탄사를 연발하다 선생 수녀님께 혼난 기억도, 우연히 새 한 마리가 날아 들어와 모두 함께 웃음을 터뜨렸던 추억도 깃든 길고 긴 수도원의 복도. 우리가 수시로 지나다니기에 게시판도 걸려 있고 특별한 꽃이나 예술 작품이 종종 전시되기도 하는 곳. 때로는 선종한 수녀의 유품을 진열해서 나누기도 하는 곳. 식당이나 공부방으로 향하는 수녀들이 서로의 존재를 확인하며 눈으로 인사를 나누는 복도에서의 만남은 늘 정겹고 행복합니다.

제가 세상을 떠나도 단단하게 펼쳐진 정주의 이미지로 미지의 후배를 맞이하게 될 수도원 복도를 향해 경건한 마음으로 목례를 해봅니다. 오늘도 두 손 모으고 걸어가는 길 위의 순례자임을 새롭게 감사하면서.

그리운 얼굴

새들도
창밖에서 기도하는
수도원의 아침

90대의 노수녀 둘이
나란히 앉아
기도서를 펴놓은 채
깊이 졸고 있네
하느님도 그 곁에서
함께 꿈을 꾸시네

바람이 얼른 와서
기도문을
대신 읽어주는
천국의 아침

—「행복한 풍경」『희망은 깨어 있네』

어느 날 성당에서 본 한 풍경을 그대로 스케치한 단순한 시인데도 꽤 많은 독자들이 이 시를 좋아해주고 더러는 울었다는 고백도 합니다. 젊은 시절엔 나도 성당에서 기도하며 조는 걸 이해 못했지만 70대에 들어선 지금은 옆 사람이 눈치챌 만큼 자주 졸기도 해 스스로 민망해하며 놀라곤 합니다. 지금은 우리 수녀원 뒷산 무덤 속에 계신 데레사 수녀님. 사베리아 수녀님이 졸며 기도하시던 본원 성당 이층, 그분들이 계셨던 바로 옆 자리를 배정받은 저는 울컥하는 그리움 속에 이 시를 다시 읽어봅니다. 두 분의 모습을 지켜보며 '행복한 풍경'이란 제목이 저절로 떠올랐고, 기도서까지 떨어뜨려가며 깊이 졸고 있는 90대의 두 수도자를 빙그레 웃으며 내려다보시는 하느님의 모습이 보이는 것 같았습니다. "수녀원에 일찍 와서 잘 하면 글쎄 금경축까지 살겠어요!"라고 입버릇처럼 말하던 제가 진짜로 수도서원 50주년을 맞게 되는 이 봄. 다시 살아 있음에 가슴이 뜁니다.

「행복한 풍경」 속의 두 수녀님과 여러 수녀님들이 누워 계신 소나무 산에 가서 말하려 합니다. 제게 주어진 여생을 더 행복하게 웃으며 살겠다고. 매사에 깨어 살려 노력하지만 노년이 주는 육체의 고단함으로 어쩔 수 없이 졸게 되더라도 실망하거나 자학하지 말고 오히려 웃으면서 명랑하게 길을 가겠다고. 못난 나를 받아들이고 온전히 주님께 의탁하는 겸손을 다시 배우겠다고.

익어가는 삶

움직이지 않고서도
노래를 멈추지 않는
우리 집 항아리들

우리와 함께
바다를 내다보고
종소리를 들으며
삶의 시를 쓰는 항아리들

간장을 뜨면서
침묵의 세월이 키워준
겸손을 배우고

고추장을 뜨면서
맵게 깨어 있는 지혜와
기쁨을 배우고

된장을 뜨면서
냄새 나는 기다림 속에
잘 익은 평화를 배우네

마음이 무겁고
삶이 아프거든
우리 집 장독대로
오실래요?

―「장독대에서」『작은 위로』

올해도 새로운 지원자가 몇 명 들어왔습니다. 입회를 몹시 반대하던 가족들이 수녀원에 와서 여기저기 둘러보다가 유독 장독대 앞에 서면 경직된 표정을 풀고 슬그머니 미소 짓는 것을 여러 번 목격했습니다. 아마도 사람 냄새, 삶의 냄새가 배인 것을 눈으로 직접 보게 되기 때문일 겁니다.

우리 집 장독대는 식당과 성당 사이에 있는데 저는 자주 항아리들 앞에서 하늘을 보며 생각에 잠기곤 합니다. 제맛을 낼 때까진 부글부글 끓으며 시간의 인내 속에 기다리고 또 기다리는 수도 생활의 참맛을 항아리 속 간장, 된장, 고추장이 제게 일러주었습니다. 항암 치료 후에 저는 부쩍 고추장 애호가가 되어 여행 중에도 늘 들고 다니며 먹습니다. 발효된 지 오래된 간장, 된장도 친지들이 자주 보내주는 편입니다. 오래 발효된 음식을 양념으로 먹으면 왠지 제가 좀더 성숙하게 익어가는 것 같은 느낌이 듭니다. 늘 새로운 설렘 속의 이 느낌을 사랑합니다.

살다가 왠지 힘들고 의기소침해질 때면 장독대 앞에서 어둠 속에 익어가는 삶의 냄새를 맡으며 두 손 모아 기도합니다. 백 개도 넘는 크고 작은 항아리들의 이야길 혼자 듣고 기뻐하긴 아까워 가만히 이웃을 초대하고 싶은 마음입니다.

기쁨의 과자

바람에 실려
푸르게 날아오는
소나무의 향기 같은 것

꼭꼭 씹어서 먹고 나면
더욱 감칠맛 나는
잣의 향기 같은 것

모든 사람을
차별 없이 대하고
사랑할 때의
평화로움 같은 것

누가 나에게
싫은 말을 해도
내색 않고
잘 참아냈을 때의
잔잔한 미소 같은 것

날마다 새롭게

내가 만들어 먹는
기쁨의 과자 기쁨의 초콜릿
기쁨의 음료수

그래서 나는 평생
배고프지 않다

—「기쁨의 맛」『필 때도 질 때도 동백꽃처럼』

금경축 준비로 한 달 피정을 하면서 다정한 후배들이 정성껏 차려 놓은 간식 상차림을 그냥 지나치긴 어려웠습니다. 커피나 음료수뿐 아니라 이름도 재밌는 여러 종류의 과자도 있었는데 저는 '맛동산'을 즐겨 먹었습니다. 그 후 검진 받으러 병원에 가니 혈당 수치가 매우 높아져 과자, 초콜릿, 아이스크림을 절제하라는 의사의 주의를 듣고 이내 시무룩해졌습니다. 단것을 먹지 않는 것은 얼마나 어려운지!

　반세기의 수도 생활 동안 수없이 기쁨에 대한 책을 읽고 묵상하고 설교도 했으나, 이제야말로 저는 자신 있게 기쁘다는 말을 할 수 있을 것 같습니다. 살아서 눈을 뜨는 것, 신발을 신는 것, 하늘과 바다와 꽃을 보는 것, 사람을 만나는 것 그리고 그날이 그날 같은 단조로운 일상의 시간표조차도 모두 새롭고 경이로운 감탄사로 다가옵니다. 살아서 누리는 평범하고 작은 기쁨들, 제가 마음의 눈을 뜨고 깨어 있으면 쉽게 느낄 수 있는 소소한 일상의 행복을 이젠 제 탓으로 놓치고 싶지 않습니다. 인간관계에서 조금은 져주면서 살고 이기심과 욕심을 내려놓는 연습을 잘 해야만 내적 기쁨이 더욱 빛을 발한다는 것을 다시 배우는 요즘, 기쁨으로 만든 과자, 기쁨으로 빚은 음료수를 누구에게 전할까 궁리하는 것만으로도 저는 금방 행복해집니다.

삶의 맛

물 한 모금
마시기 힘들어하는 내게
어느 날
예쁜 영양사가 웃으며 말했다

물도 음식이라 생각하고
아주 천천히 맛있게
씹어서 드세요

그 후로 나는
바람도 햇빛도 공기도
음식이라 여기고
천천히 씹어 먹는 연습을 한다

고맙다고 고맙다고
기도하면서—

때로는 삼키기 어려운 삶의 맛도

씹을수록 새로운 것임을
다시 알았다

—「새로운 맛」『희망은 깨어 있네』

2008년 여름에 큰 수술을 하고 나서 얼마간은 금식을 하다 미음에서 죽, 죽에서 밥으로 조금씩 양을 늘려갔는데, 그때는 도무지 아무것도 먹고 싶지 않았습니다. 배고픈 걸 한번쯤 느껴보고 싶은데 아무리 맛있는 음식이 앞에 있어도 흥미를 보이질 않으니 옆에서 다들 안타까워하곤 했지요. 날마다 먹는 양을 측정하러 오는 영양사에게 물 마시는 것조차 너무 힘들다고 하소연하니 "물도 음식이라 생각하고 천천히 씹어서 드세요" 했는데, 그 말이 제겐 매우 새롭게 들렸습니다.

모든 음식을 골고루 다 감사한 마음으로 먹게 된 지금, 어쩌다 식욕이 없어 힘든 순간이 오면 그 영양사의 말을 다시 기억하며 용기를 내곤 합니다. 음식뿐 아니라 날마다 당연히 주어지는 것 같은 햇빛, 공기도 새롭게! 하루 한 순간의 모든 시간들도 다 새롭게 고맙게 씹어 먹는 연습을 잘 해야 한다는 것을 되새김하면서.

손님을 맞이하는 마음

손님과 생선은
삼 일이 지나면
냄새가 난다는
속담이 있다지

냄새도 축복이 되게
사랑으로 잘 모시면
축복이 되지

손님은
내가 많은 것을
새롭게 배우는
선생님이 되고
생선이 맛있는
반찬이 될 수 있듯
만남을 잘 요리하면
손님은 언제나
정겨운 벗이 되어주지

—「환대」『작은 기도』

사계절에 상관없이 우리 집에는 다양한 계층의 손님들이 많이 옵니다. 여름이나 겨울 방학에는 방이 없을 정도라서 담당자는 늘 지혜롭게 깨어 있어야 합니다. '찾아오는 모든 손님들을 그리스도처럼 맞아들일 것이다'라는 성서의 말씀을 따라 살도록 각자의 자리에서 애를 쓰긴 하지만 한결같은 친절과 사랑으로 손님을 대하는 일은 쉬운 게 아닙니다. 손님과 생선은 삼 일 지나면 냄새가 난다는 독일 속담을 어느 신부님에게 듣고 한참 동안 유쾌하게 웃었던 일을 기억하며 저는 날마다 글방으로 찾아오는 손님들을 기도하는 마음으로, 정성과 사랑을 다해 대하려고 노력합니다.

이미 알고 지내는 이들보다 잘 모르는 분들이 방문할 때도 많습니다. 이때는 약간의 긴장감을 지니고 통성명을 한 다음 시 엽서나 말씀 뽑기를 해서 서로의 느낌을 나누고 경우에 따라 사진을 찍고 헤어지기 전 방명록에 사인을 하게 하는 등 나름대로 순서를 정해 손님맞이 예식을 합니다. 제 분별력이 부족하여 가끔은 사기를 당한 아픈 기억도 있지만 한 번의 친절은 더 많은 선한 영향력을 발휘하며 자주 선교로도 이어지기에 더 기뻐하게 됩니다. 저의 시 「사람 구경」의 일부를 다시 읽으며 마음을 다잡아봅니다.

어디에나
사람들이 있고
어디에나
하느님이 계시다

하느님이 세상에 오신 것도
사람에 대한 사랑 때문이다
그래서 살아 있는 동안
우리도 더 많이
사람을 사랑해야 한다

사랑하기 전에
자꾸만 사람 구경을 해야 한다

꽃을 보듯이
별을 보듯이

작지만 큰 결심

눈부시게 아름다운
흰 종이에
손을 베었다

종이가 나의 손을
살짝 스쳐간 것뿐인데도
피가 나다니
쓰라리다니

나는 이제
가벼운 종이도
조심조심
무겁게 다루어야지
다짐해본다

세상에 그 무엇도
실상 가벼운 것은 없다고
생각하고 또 생각하면서—

내가 생각 없이 내뱉은

가벼운 말들이
남을 피 흘리게 한 일은 없었는지
반성하고 또 반성하면서—

—「종이에 손을 베고」『희망은 깨어 있네』

한 해를 마무리할 때가 되면 여기저기서 이 시를 인용하는 이들이 많습니다. 방송 멘트로도 쓰이고 특히 소셜네트워크서비스(SNS)에서 많은 이들이 이 시로 만든 고운 카드를 서로 주고받는 걸 봅니다. 고해성사를 볼 때 또는 수도원 공동체 안에서 자신의 잘못을 고백하는 쿨파(Culpa) 시간에 저도 종종 이 시를 떠올리며 성찰할 때가 있습니다. 어느 날 무심코 집은 빳빳한 새 종이에 손을 베어 피가 나는 것을 보면서 떠올린 이 단순하고 평범한 시가 이토록 사랑받으니 기쁩니다.

살아갈수록 말을 더 조심조심 해야겠다고 다짐합니다. 아무렇지도 않게 농담 삼아 가볍게 던진 말이 커다란 오해의 무게로 돌아와 상처 받고 눈물 흘린 시간들이 제게도 꽤 많았기 때문입니다. 지난 한 해를 마무리하고 또 한 번의 새해를 선물로 받으면서 하얗게 웃어보는 기도의 계절. 꾸준히 선을 실천하며 충실하게 살아야지. 그 누구도 그 무엇도 가볍게 여기지 말고 소중하게 여기며 진지하게 다루어야지! 작지만 큰 결심을 새롭게 봉헌합니다.

수도원에서 보내는 편지

한글을 사랑하는 기쁨

오늘은
일을 쉬고
책 속의 글자들과 놉니다

글자들은 내게 와서
위로의 꽃으로
향기를 풀어내고
슬픔의 풀로 흐느껴 울면서
사랑을 원합니다
내 가슴에 고요히
안기고 싶어합니다

책 속의 글자들도
때론 외롭고
그래서 사랑이 필요하다는 걸
처음으로 알았습니다

"너무 바쁘지 않게
너무 숨차지 않게
먼 길을 가려면

나와 친해지세요"

눈을 동그랗게 뜨고
나를 쳐다보는 글자들에게
나는 웃으며 새옷을 입혀줍니다
사랑한다고 반갑다고
정감 어린 목소리로 말해주다가
어느새 나도
글꽃이 되는 꿈을 꿉니다

―「글자 놀이」『작은 기쁨』

'종이와 글자는 내게 있어 사랑의 도구다'라고 내가 어느 산문에 쓴 구절을 서예하는 분들이 즐겨 쓰기에 나도 글방 한 모서리에 붙여두니 방문객들마다 사진을 찍어가곤 하네.

평소에 자주 소식을 주고받진 못하지만 여고 시절 가장 가까이 사귄 마음의 벗으로 함께 있는 데레사, 잘 지내지? 내가 어쩌다 외부에 특강을 나가면 "저는 유승자 선생님의 제자예요"라고 내게 다가와서 인사를 하는 이들이 있단다. 너는 아마도 아이들에게 늘 좋은 담임이고 멋진 국어 교사로 기억되는 아름다운 여성임에 틀림없어.

근래에 누가 보여준 여고 시절 앨범을 보니 뒷표지에 너와 내가 편집위원으로 참여한 옛 사진이 있어 신기한 마음에 한참을 들여다보았단다. 2006년 발간된 『꽃은 흩어지고 그리움은 모이고』라는 나의 꽃시집에 네가 얹어준 발문을 보면 어찌 그리 아름답게 글을 썼는지 새삼 감탄하곤 한단다.

'언뜻 차갑게 보이는 그 아이에게 숨어 있는 따뜻한 열정도 이참에 말해야 할 것 같습니다. 그 아이는 참으로 많은 것을 사랑합니다. 그 아이의 가방은 늘 산타의 배낭처럼 자잘한 선물로 가득 차 있고 그가 가방을 열면 순식간에 그곳은 선물의 장이 되고 맙니다.' 이 구절을 읽으며 가만히 웃고 있는 내 모습 보이니? '우리말을 사랑하는 시인아, 네 언어의 시적 정수에 이 책을 바친다. 다시 태어나도 이 땅에서 우리말을 사랑할 우리는 한국인이기에.'

1987년 3월 네가 나의 영명축일 선물로 보내준 4482쪽의 『우리말대사전』(1961년 초판)은 1982년 32쇄본이네. 방을 옮겨 다닐 적에도 꼭 챙기는 이 사전은 내가 매우 아끼는 보물 중 하나고, 사전을 볼 때마다 고마운 마음으로 너와의 각별한 우정을 기억하게 된다.

이번 10월 9일 한글날은 나만의 특별한 방법으로 글방에 오는 손님들을 모시고 소박하고 재미있는 글짓기 이벤트를 할까 해. 너도 옆에 있으면 참 좋겠구나. 너에게 편지를 쓰는 오늘은 김후란 시인이 쓴 한글에 대한 시도 다시 찾아 읽어 보았어. 매우 긴 시이긴 하지만 이 시의 구절들을 다시 새기며 나는 더욱 한글을 사랑하는 애국자가 될게. 그리 대단하진 않지만 글을 쓸 수 있는 능력도 새롭게 감사하며 죽는 날까지 우리의 모국어로 시를 빚어내는 시인 수녀가 될게. 안녕!

보라 우리는
우리의 넋이 담긴
도타운 글자를 가졌다

역사의 물결 위에
나의 가슴에
너는 이렇듯 살아 꿈틀거려
꺼지지 않는 불길로 살고
영원히 살아남는다

조국의 이름으로 너를 부르며

우리말과 생각을 적으니
어느 곳 어느 나무에도
제 빛깔 꽃을 피우고
아람찬 열매를 남긴다

우리글 한글 자랑스런 자산
너 있으므로
아버지를 아버지라 쓰고
어머니를 어머니라 쓰고

하늘과 땅과 물과 풀은
하늘과 땅과 물과 풀로
떳떳이 쓰고 읽고 남길 수 있으니
이 아니 좋으랴
이 아니 좋으랴

—김후란, 「우리글 한글」 『노트북 연서』에서

오늘도 창窓을 사랑하며

가끔
유리창에
이마를 대고

웃다가
울다가
어른이 되고
삶을 배웠네

하늘과 구름과 바람
해와 달과 별
비와 꽃과 새

원하는 만큼
아름다운 모든 것을
내 앞으로
펼쳐 보이던 유리창

30년을 사귄 바다까지
내 방으로 불러들여

날마다 출렁이게 했지

이제는 내가
누군가의 투명한
문으로 열려야 할 차례라고
넌지시 일러주는
유리창의 푸른 노래
내 삶의 기쁨이여

─「유리창」『서로 사랑하면 언제라도 봄』

사계절 내내 창문을 통하여 세상을 바라보고 자연을 관조하고 인간을 사랑하는 법을 배웁니다. 상상력을 펼쳐서 시詩와 놀이를 하고 아름다운 꿈도 꾸곤 합니다.

가장 아름다운 섬 중의 하나인 청산도에서 오늘도 창문을 열고 바다를 내다보실 안드레아 형제님, 광안리에 사는 제가 지금은 서울 남산이 보이는 후암동 수녀원 분원의 어느 허름한 방에서 이 글을 씁니다. 시장터라 소음이 있고 먼지도 있어 창문을 잘 열지 않지만 오늘은 일부러 창문을 열고 남산을 바라봅니다. 언제나 창문을 열고 하루를 시작할 수 있기에 얼마나 고마운지요.

청소할 때는 조금 힘들기도 하지만 유리창이 많은 집에 사는 것도 새롭게 감사하게 됩니다. 구치소나 교도소 같은 담 안의 형제자매들이 보내오는 편지를 보면 아주 조그만 크기라도 창문이 있어 다행이라는 말을 자주 하곤 합니다. 좁디좁은 공간에서 창문으로 바라보는 하늘이 얼마나 위안이 되는지에 대한 이야기를 참 많이 합니다.

시詩라는 창문을 통하여 만나게 된 소중한 이웃 중 한 사람인 안드레아 님, 부경대 재학 시절 〈샘터〉에 실린 「순례자의 기도」라는 글을 보고 수녀원으로 저를 찾아왔으나 못 만났고 몇 번 편지를 주고받다 연락이 끊긴 후 완도에서 극적으로 만난 일도 있었지요. 모시던 노모께서 세상을 떠나신 후엔 일손도 놓고 그 누구와도 일절 연락이 안 된다고 하여 얼마나 걱정했는지 모릅니다.

간절한 기도의 마음이 닿았는지 몇 년 만에 희망적인 문자를 받고 정말 기쁘고 감사했습니다. '그동안 정신적, 육체적, 경제적으로 파탄 상태였습니다. 더 이상 물러설 곳이 이제는 없습니다. 그래도 지금은 꿈을 꾸며 희망이라는 단어에 기대어 봅니다'라는 그 말이 제게도 얼마나 위로가 되었던지요. 올해 안에 아름다운 섬 청산도에도 다시 한 번 가고 싶네요. 수녀원에 와서 제가 가장 먼저 쓴 「나의 창은」이라는 시를 형제님에게 읽어드리며 또 한 번 열린 우정의 창문을 저의 기도와 함께 선물로 드립니다.

산이
살아서 온다

저만치 서 있다가
나무 함께 조용히
걸어서 온다

창은
움직이는 것들을 불러세우고
서서히 길을 연다
꿈꾸게 한다

기쁨을 데려다 꽃피워주는
창은 고운 새 키우는 숲
창 속의 숲 마을은

꺼지지 않는 불빛으로
밝아오는 고향

온갖 어둠 몰아내고
처음인 듯 새롭게
창은
부활하는 아침

갑자기 꽃밭이 되어
나를 데리러 오면
나는 작아서 행복한
여왕이 된다

하얀 날개로
하늘을 날던 구름

어린 시절엔
그리 황홀했던 꿈
지금은 그냥 잊어만 간다

창은, 나의 창은
오늘도
자꾸 피리를 분다
끝없이 나를 데리고 간다

오랜 벗의 아름다운 뒷모습을 그리며

깨끗이 세수를 하고
거울을 들여다본다.
단정한
내 앞모습이
거기 있다.
그러나
그때마다 마음에
걸리는 것은
거울 속에 뵈지 않는
내 뒷모습이다.
외로울 때
나의 뒤에서
뒷힘이 되어주던 뒷모습
거기 혼자 있는
뒷모습이 보고 싶다.
거울을 볼 때마다

―권영상, 「뒷모습」 『밥풀』

사랑하는 벗, 임채엽 수녀님.

이 동시를 읽고 나니 새삼 뒷모습의 아름다움을 묵상하고 싶어서 어떤 유명한 사진가가 여러 사람들의 뒷모습만 찍어서 만든 사진집을 방에 갖다 두고 보는 중이에요.

침방에서 성당으로, 성당에서 식당으로 움직일 때, 그리고 정원에서 산책할 때 요즘은 더 유심히 우리 수녀님들의 뒷모습을 바라보곤 합니다. 뒷모습이 곧은 수녀들도 있지만 노년의 아픔으로 등이 굽어 있는 수녀, 뼈의 이상으로 한쪽으로 어깨가 치우쳐 있거나 목이 자꾸만 뒤로 젖히는 수녀들도 있습니다. 나도 뒷모습의 자세가 좋지 않은 편에 속하지만 그래도 얼마 전에 두 무릎을 수술하고 나서는 키도 조금 더 큰 것 같고 자세도 전보다 바르게 된 것을 걸을 때마다 스스로 느낍니다.

한때는 크고 작은 공동체의 책임자였던 수녀님이 이제는 파트타임으로 원내의 유치원에 나가 어린이들을 만나며 새로운 기쁨을 체험한다고 했지요? 아이들에게 '요리 박사'로 통한다는 수녀님을 위해 나는 재미있는 요리용 그림책들을 선물할 수 있어 좋았습니다. 내 옆방에 살고 있는 수녀님은 지금도 밖의 잔디밭에서 잡풀을 뽑고 계시네요. 그 부지런함으로 수녀님은 어질러놓고 미처 치우지 못한 내 침방 정리도 해주고 출장 가고 없을 땐 빨래와 다림질도 해줘 너무 미안해하면 늘 괜찮다고 말합니다.

어쩌다 몸이 힘들어 공동 기도 시간에 빠지고 누워 있으면 밥은 챙겨 먹었는지 걱정하며 과일이라도 들고 오고, 외부 강의를 나갔다가 들어와 허전한 마음을 혼자 달래고 있으면 분위기가 어땠냐며 잠시 방에 와 물어보고 가곤 했습니다. 그것이 나에겐 항상 작은 위로가 되어주었지요.

내 어머니가 살아 계실 적엔 부산에 있는 나를 대신해 경기도에서 서울까지 전철을 타고 밑반찬을 해 갖다주던 그 우정 어린 마음을 생각하면 지금도 눈물이 핑 돌 만큼 감사합니다. 늘 너그럽게 대해주다가도 충고가 필요할 땐 빙빙 돌려서 말하지 않고 직선적으로 말해주는 멋진 친구인 수녀님. 아주 오래전 수련기를 막 끝낸 새 수녀 시절, 내가 유학을 떠나기 전에 "누구에게 습관적으로 의존하지 말고 자기가 해야 할 일은 자기가 해야 한다"라고 한 그 말이 나에겐 무척 도움이 되었습니다.

내가 수녀님의 영명축일이나 특별한 기념일에 적어 보낸 카드나 메모를 하나도 버리지 않고 모아두었다가 수십 년 만에 보여줘 나를 놀라게 했던 수녀님, 나이는 나보다 한 살 위지만 수도 서열은 나보다 조금 아래라 슬쩍 반말을 해도 괜찮은 우리 수녀님, 서로 다른 성격으로 한때는 조금 삐걱거리던 때도 있었지만 입회 동기 열일곱 명 가운데 유일한 동기로 남은 단짝 '남해 아가씨' 마르첼리나 수녀님, '외로울 때/ 나의 뒤에서/ 뒷힘이 되어주던 뒷모습'이란 구절에 한참을 머물다가 수녀님이야말로 나에게 뒷힘이 되어주는 좋은 친구라는 생각이 오늘은 더욱 새롭네요.

돌아가신 어머니가 임종하시기 며칠 전 내 꿈속에 나왔습니다. 분홍 스웨터를 입고 빈손으로 휘이 휘이 걸어가시

171

던 그 뒷모습을 한참 동안 바라보았던 우리 수녀원 입구엔 지금 튤립나무(목백합)가 무성하네요. 거의 처음으로 내가 다리 아픈 걸 핑계로 수녀님 손을 잡았을 때 "생각보단 손이 탄탄하고 힘이 있네"라고 했지요? 우리 중 누가 먼저 떠날진 모르지만 언젠가는 수도자의 뒷모습을 보이며 이승을 하직할 때까지 서로를 더 알뜰히 사랑하고 챙겨주는 좋은 도반이 되기로 합시다.

한결같은 우정과 사랑 안에서 감사를 드리며 오늘도 안녕히!

사랑의 연금술사가 된 벗, 장영희에게

봄이 빗속에 노란 데이지꽃 들어올리듯
나도 내 마음 들어 건배합니다
고통만을 담고 있어도
내 마음은 예쁜 잔이 될 겁니다
빗물을 방울방울 물들이는
꽃과 잎에서 나는 배울 테니까요
생기 없는 슬픔의 술을 찬란한 금빛으로
바꾸는 법을

—새러 티즈데일, 「연금술」

사랑하는 마리아 장영희,

그대가 즐겨 소개하던 이 시는 그대로 자신의 생각과 삶을 반영하는 것 같습니다. 인품과 문학이 다 향기로운 여인으로 이 시대를 살아가는 우리에게 선한 영향력을 끼치고, 살아서도 죽어서도 사랑의 연금술사가 된 아름다운 사람. 가족에게 이웃에게 그대만큼 많이 사랑받은 이도 드물 것입니다. 그러니 두고두고 기뻐하십시오. 이미 많은 이에게 부러움의 대상이 되었으니 말입니다.

"오래전 나는 정말 뼈아프게 '다시 시작하기'의 교훈을 배웠고 그 경험은 내 인생의 가장 소중한 기억 중 하나다. 나는 그 경험을 통해서 절망과 희망은 늘 가까이에 있다는 것, 넘어져서 주저앉기보다는 차라리 다시 일어나 걷는 것이 편하다는 것을 배웠다"라고 고백한 영희, 그대가 지상에 남기고 간 앙증스런 빨간 하트 모양의 시계를 옆에 두고 이 편지를 씁니다. 아침에 습관처럼 듣던 클래식 음악도 끄고 경건한 기도의 마음으로 편지를 씁니다.

10주기 모임엔 내가 빠지면 안 될 것 같아 부산에서 기차를 타고 서울에 갔었지요. 서강대 성당의 추모 미사에선 영희의 제자인 예수회 사제 김치헌 신부님이 주례를 해줬고 마리아의 좋은 벗 류해욱 신부님은 뇌졸중 후유증이 가시지 않아 어눌했지만 그래도 애정이 담뿍 담긴 박력 있는 강론을 해줘 그것만으로도 눈물겨운 감동이었지요. 미사 후 이어진 추모 낭독회에선 더 많은 이들이 함께 슬픔 속에서도 밝고 고요한 웃음을 꽃피우며 멋진 시간을 가졌습니다.

생전의 영희를 그리워하는 이들이 한데 모여 그 이름을 부르고, 지난날을 추억하면서 함께 기도하고, 글을 읽고, 맛있는 음식을 먹는 정겹고 아름다운 하나의 천상 잔치 같았습니다.

장영희 장학금을 받은 학생의 낭독도 좋았지만 영희의 글에도 자주 등장하던 그녀의 조카 건우와 이날 모임의 오프닝을 맡아준 조카 손녀 서윤과 손자 재호의 낭독이 내겐 가장 인상적이고 기억에 남습니다. 이들이 태어나는 걸 보지도 못하고 세상을 떠난 고모할머니가 직접 봤다면 얼마나 흐뭇하게 바라보며 기뻐했을지! 가족석에 일부러 비워둔 영희의 의자에서 그녀가 환히 미소 짓는 그 모습을 가족들은 아마 더 확실하게 보았을 겁니다.

10주기 추모 모임을 잘 마치고 부산에 내려왔는데 다음 날 영희의 오빠 베드로 님이 쓰러졌단 말을 들었습니다. 중환자실에 계시다는 말을 듣고도 희망을 가졌는데 바로 어제(2019년 5월 28일) 별세했다는 소식을 듣고 믿기질 않아 멍하니 하늘만 보고 있습니다. 그대가 준비하다 미처 출간을 보지도 못하고 떠나 큰 아쉬움을 남겼던 책『살아온 기적 살아갈 기적』100쇄 기념본을 들고 기뻐하던 오빠였는데! 어린 시절의 추억을 유쾌하고 재미있게 이야기해서 박수를 받던 오빠였는데! 영희도 놀라서 말할 것 같네요. "오빠 이렇게 빨리 오면 어떡해?" 하고.

그대의 애제자들이 펴낸 글 모음집『당신과 함께라면 언제라도 봄』을 다시 찾아 읽으며 슬픈 마음을 달래야겠습니다. 평소에 약을 먹기 싫거나 우울에 빠지려고 할 적엔 어김 없이 영희의 책을 꺼내 읽으며 힘을 얻었는데, 오늘은 더욱 그러하네요. 화가 김점선의 그림을 곁들인 책 『다시, 봄』과 영미 시 산책 『생일 그리고 축복』을 펴 들고 마음을 추슬러 봅니다. 오늘은 나에게 이 시가 가까이 살아옵니다.

삶은 작은 것들로 이루어졌네
위대한 희생이나 의무가 아니라
미소와 위로의 말 한 마디가
우리 삶을 아름다움으로 채우네

간혹 가슴앓이가 오고 가지만
다른 얼굴을 한 축복일 뿐
시간이 책장을 넘기면
위대한 놀라움을 보여주리

—메리 R. 하트먼, 「삶은 작은 것들로 이루어졌네」

우리에게 꾸준히 책을 읽는 기쁨, 공부하는 기쁨, 평범하 고 사소한 것들을 사랑하는 기쁨을 알게 해주어 고맙습니 다. 내가 1주기에 썼던 추모시의 한 구절로 이 편지를 마무 리할게요.

그대를 향한 그리움 모아

이웃 사랑 넓히는 길을 만들고
감사의 꽃밭을 만드는 사람들이 될게요
일상의 밭에 묻힌 진실의 보석을 찾아
열심히 갈고닦는 기쁨의 사람들이 될게요

김칫국 이야기

점심으로 라면을 먹다
모처럼 만에 입은
흰 와이셔츠
가슴팍에
김칫국물이 묻었다

난처하게 그걸 잠시
들여다보고 있노라니
평소에 소원하던 사람이
꾸벅, 인사를 하고 간다

김칫국물을 보느라
숙인 고개를
인사로 알았던 모양

살다 보면 김칫국물이 다
가슴을 들여다보게 하는구나
오만하게 곧추선 머리를
푹 숙이게 하는구나

사람이 좀 허술해 보이면 어떠냐
가끔은 민망한 김칫국물 한두 방울쯤
가슴에 슬쩍 묻혀나 볼 일이다

―손택수, 「가슴에 묻은 김칫국물」 『나무의 수사학』

이 시를 읽으면 누구나 고개를 끄덕이며 '그래, 그렇구나. 살다 보면 그런 순간들이 있지' 하고 정겨운 느낌을 받을 것입니다. 이 시를 쓴 손택수 시인이 결혼한 지 얼마 안 되어 우리 수녀원에 인사를 왔을 때 저는 조그만 들꽃 묶음을 선물했고 또 언젠가는 동백 한 송이를 꺾어 주었는데 시인은 「이해인 수녀님의 동백가지 꺾는 소리」라는 제목으로 시를 쓴 적도 있습니다.

한국 사람이면 누구나 다 김치를 좋아하지만 저 역시 김치 하나만 있으면 밥을 맛있게 먹는 김치 애호가입니다. 저는 특히 배추김치를 좋아하는데 공동 식탁에 배추김치가 안 나온 날은 매우 서운합니다. 김치볶음밥, 김치전, 김치찌개 등등 김치를 재료로 하는 건 어찌 그리 맛이 좋은지! 해외에서 몇 년간 늘 기름진 음식을 먹다 보니 김치가 너무 그리워 양파 하나를 통째로 먹은 일도 있습니다.

김치를 먹고 남은 국물은 따로 병에 담아둡니다. 국물을 밥에 부어 비벼 먹거나 국수를 삶아서 비벼 먹는 즐거움을 누립니다. '온갖 양념이 다 들어가서 익혀진 것이니 그야말로 종합예술이네?'라고 스스로 감탄하면서 말입니다.

최근엔 특별히 맛있는 유기농 김치라며 지인이 보내준 걸 식탁에서 나누어 먹다가 제가 앉은 자리의 식탁보에 국물이 흘렀는데 그 얼룩을 지우느라 며칠을 고생했습니다. 바로 옆자리에 앉은 선배 수녀님이 워낙 깔끔하고 결벽증이 있는 분이라 "얼룩은 처음부터 잘 지워야지 오래 두면 안 된다"며 내내 못마땅해하는 눈길을 주어 얼마나 긴장이 되었던지!

지우려고 아무리 애써도 빨간 김칫국물이 그대로 남아 있는 게 안돼 보였는지 옆자리의 후배 수녀들이 다 합심하여 마침내 깨끗한 식탁보를 만들어놓았습니다. 이 일에 제가 하도 진지하게 정성을 들이는 걸 보고 평소에 저를 잘 모르는 젊은 수녀들은 '생각보다 인내를 잘하시고 성격도 좋으시다'는 소문까지 내어 좀 민망했지만, 어쨌든 저의 작은 실수로 인해 칭찬까지 받으니 기분이 좋았습니다.

살다 보면 우리는 예기치 않은 실수를 통해 조금 더 겸손해지고, 이를 잘만 이용하면 인간관계도 좋아지는 축복을 누리기도 하니 자신의 사소한 실수에 무조건 실망하고 한탄만 할 일은 아닌 것 같습니다.

'사람이 좀 허술해 보이면 어떠냐/ 가끔은 민망한 김칫국물 한두 방울쯤/ 가슴에 슬쩍 묻혀나 볼 일이다'라는 구절이 특히 마음에 듭니다. 남에게 늘 멋지고 좋은 모습을 보이고 싶겠지만 인간적으로 부끄러운 생각이 들더라도 자신의 약점을 자랑하는 용기야말로 진정한 용기가 아닐는지요.

'자신의 실수를 웃고 거기서 배워라.' 오래전 수련소의 선생 수녀님이 칠판에 적어둔 훈화를 그때는 잘 이해 못했지만 지금은 이해할 수 있을 것 같습니다. "보기와 달리 왜 그렇게 깔끔하지가 못해요? 늘 흘리고 다니니 음식을 먹을 땐 꼭 앞치마를 지참하든지 해야겠어요" 하는 동료들의 핀잔도 이젠 자존심 상하거나 기분 나쁘게 들리지 않고 오히려 친밀함의 표시로 여겨집니다.

'그리스도의 권능이 내게 머무르도록 하려고 더없이 기쁜 마음으로 나의 약점을 자랑하려고 합니다. 내가 약해졌을 때 오히려 나는 강하기 때문입니다(코린후 12:9-10)'라는 성서의 말씀도 차츰 새롭게 다가오는 요즘입니다. 일부러 김칫국을 흘리진 말아야겠지만, 흘린 것 때문에 크게 낙담하지 않고 이를 삶의 일부로 받아들이는 용기를 배우며 웃을 수 있으니 오늘도 행복합니다.

꽃거울에 나를 비추어보는 봄

꽃은 거울이다. 들여다보는 이를 비춰주지 않는 거울이다. 들여다보는 이가 다 꽃으로 보이는 이상한 거울이다. 꽃향기는 끌어당긴다. 꽃향기에 밀쳐진 경험은 한 번도 없다. 꽃은 주위를 가볍게 들어올려준다. 꽃 앞에 서면 마음이 가벼워진다. 마음은 꽃에 여닫히는 자동문이다. 꽃잎을 만져보며 사람들은 말한다. '아, 빛깔도 참 곱다.' 빛깔을 만질 수 있다니, 빛깔을 만질 수도 있게 해주시다니. 사람들을 다 시인으로 만들어주는 꽃은 봄의 심지다.

—함민복, 「꽃비」『미안한 마음』에서

아름다운 섬 강화도에서 오늘도 시의 꽃을 피우고 계실 함민복 시인께 봄과 같은 마음으로 한 장의 편지를 씁니다. '길상이네' 가게에서 보내주신 인삼, 서명해 보내준 시집들 다 고맙게 받았는데 인사가 늦었어요. 우리가 운영하는 치과의 인문학 특강을 위해 먼 길을 내려와준 것은 오래 기억될 고마운 일이었는데 어느새 시간이 많이 흘렀습니다.

늘 간결한 함축미가 돋보이는 함 시인의 시들이 좋아서 제가 먼저 감사의 글을 보낸 것이 인연이 되었죠. 지금까지도 푸른 우정을 함께 이어갈 수 있으니 좋아요. 시인의 충실한 반려자 영숙 씨를 만난 일도 반갑고요. 언젠가 제게 보내온 책의 첫 표지에 써준 '수녀님과 동시대를 함께 살 수 있어 행복합니다'라는 구절을 읽고 마음이 한참 설레었답니다.

겨울을 보내고 봄을 기다리는 이들에게 함민복 시인의 봄 시를 찾아 읽으라고 말하고 싶을 정도로 봄에 대한 시, 꽃에 대한 시를 많이 쓰셨네요. '빛깔을 만질 수 있다니, 빛깔을 만질 수도 있게 해주시다니' 이 구절이 마음에 듭니다. '들여다보는 이가 다 꽃으로 보이는 이상한 거울'이라는 구절도 반복해서 읽어봅니다. 해마다 입춘 무렵이 되면 꽃들과의 만남을 준비하며 가슴이 설렙니다.

수녀원 뜨락에서 매번 같은 듯 다르게 피어나는 사계절의 꽃들을 관찰하며 꽃이 열어주는 문으로 들어가면 행복이 밀려오곤 했습니다. 저마다 다른 빛깔과 모양을 가진 꽃들과의 만남은 지난 반세기의 내 수도 생활을 받쳐주는 고운 힘, 숨은 힘이 되었지요. 시인의 표현대로 '들여다보는 이가 다 꽃으로 보이는 이상한 거울'과 늘 가까이할 수 있어서 함께 사는 꽃사람들도 더 많이 사랑하고 이해할 수 있었습니다.

꽃을 바라볼 때면 나 자신과의 다름 때문에 누군가가 좀 불편하고 힘들게 다가오더라도 미움을 걷어낸 순한 눈길로 대할 수 있었습니다. 이것이 바로 꽃마음인 것이겠죠? 꽃을 많이 사랑할수록 사람도 더 깊이 사랑할 수 있는 것이라 믿고 싶어요. '꽃보다 아름다운 사람'이란 말을 제대로 이해하는 데는 생각보다 꽤 오랜 시간이 걸리더군요. '아, 빛깔도 참 곱다!' 하는 감탄사를 마당에 핀 꽃에게만 말고 우리가 매일 대하는 가족, 친지, 이웃에게도 곱게 내뱉을 수 있는 봄이 되면 좋겠습니다. 우리 모두 꽃거울을 자주 들여다보며 좀 더 선한 사람이 되고 싶다는 갈망을 마음속에 꽃피우길 기도합니다.

전등 밝히는 전깃줄은 땅속으로 묻고
저 전봇대와 전깃줄에
나팔꽃, 메꽃, 등꽃, 박꽃… 올렸으면
꽃향기, 꽃빛, 나비 날갯짓, 벌 소리
집집으로 이어지며 피어나는
꽃봇대, 꽃줄을 만들었으면

—함민복, 「꽃봇대」 『꽃봇대』

꽃에게로 다가가면
부드러움에
찔려

삐거나 부은 마음
금세

환해지고
선해지니

봄엔
아무
꽃침이라도 맞고 볼 일

　　―함민복,「봄꽃」『말랑말랑한 힘』

　독자들이 좋아하는 시인님의 「꽃봇대」와 「봄꽃」이란 시
도 다시 찾아 읽으며 올해는 어디에 꽃봇대를 세우고 어디
에서 꽃침을 맞을지 아름다운 고민을 해야겠습니다. 작아도
향기는 멀리 가는 한 송이 들꽃을 닮고 싶은 제 일상의 꽃
웃음 한 톨 남쪽 바람에 실어 보내며 시인님의 건강과 평화
를 빌어요. 가볍고 부드러운 꽃마음으로 우리 다시 만날 때
까지 안녕히!

하루를 사는 일이 사람의 일이라서

고독 때문에 뼈아프게 살더라도
사랑하는 일은 사람의 일입니다.
고통 때문에 속 아프게 살더라도
이별하는 일은 사람의 일입니다.
사람의 일이 사람을 다칩니다.
사람과 헤어지면 우린 늘 허기지고
사람과 만나면 우린 또 허기집니다.
언제까지 우린 사람의 일과
싸워야 하는 것일까요.
사람 때문에 하루는 살 만하고
사람 때문에 하루는 막막합니다.
하루를 사는 일이 사람의 일이라서
우린 또 사람을 기다립니다.
사람과 만나는 일 그것 또한
사람의 일이기 때문입니다.

―천양희, 「사람의 일」『그리움은 돌아갈 자리가 없다』

사랑하는 진 수녀님, 우리가 만나서 이야기 나눈 지도 참 오래되었지요? 수녀님과 함께 차 한잔 마시며 오늘은 이 시를 낭송해드리고 싶네요. '언제까지 우린 사람의 일과/ 싸워야 하는 것일까요' 구절에 제 눈길이 머뭅니다. 아마 죽을 때까지 이 싸움은 끝이 나지 않는 것일 테지요. 사랑과 평화를 향해 나아가는 이 선한 싸움이 있어 세상은 그래도 살 만한 것이 아닐까 생각해봅니다.

아침부터 비가 내리는 오늘, '함께 사는 삶이란 힘들어도 서로의 다름을 견디면서 서로를 적셔주는 기쁨'이라고 비 오는 날의 단상을 쓴 적이 있습니다. 이 구절을 글방 창문에 붙여두었더니 많은 이들이 공감하며 사진 찍어 가는 것을 보았습니다.

수녀님처럼 마흔 명이 넘는 공동체의 책임자로서 매일을 살다 보면 각자의 개성이 다른 이들, 대부분이 노년인 수녀들을 섬기고 돌보아야 하는 일이 힘들 때도 많지요? 그 소임에는 누구보다 많은 인내와 겸손이 필요할 것입니다.

그래도 거기서 행복하다고 고백하는 우리 수녀님들을 보면 저까지 덩달아 행복해지고 수녀님의 숨은 노고가 헤아려져 슬며시 미소 짓곤 하였지요. 작은 분원에 살아본 일이 거의 없는 저는 백 명이 넘는 큰 공동체에 살면서 사람들과의 관계가 힘들 때도 있었지만 그만큼 관계의 폭을 넓히는 계기도 될 수 있었다고 생각합니다. 사람은 서로 많이 부대끼는 그만큼 자기도 모르는 사이 어느새 조금씩 모가 깎이고 둥글어짐을 믿으니까요.

예수님이 이 세상에 오신 것도 결국은 사람을 사랑하기 위해서겠지요. 많은 이들을 골고루 사랑하되 가난하고 소외된 이들을 먼저 위하는 모범을 보여주셨지요. 그분을 제대로 닮고 싶고 따르고 싶어 수도 생활을 선택한 제가 사람들을 좀 더 따뜻하고 깊이 있게 헤아리지 못하고 그냥저냥 살아가는 것 같아 부끄러울 때가 많습니다.

약속을 미리 하고 오기도 하지만 때로는 여기저기서 불쑥 찾아오는 이들도 많다 보니 요즘은 (오전엔 침방에서 조용한 시간을 갖고) 오후에 주로 글방에 나와 사람을 만나는 일에 시간을 할애할 적이 많습니다. 맘씨 고운 중간 안내실 수녀님들이 제 눈치를 보아가며 연결해준 갑작스런 만남을 통해 잠시나마 아름답고 따뜻한 힐링의 기적이 일어나는 것도 여러 번 경험하게 됩니다. 오늘 오후엔 어느 교우분의 오랜 부탁으로 이루어진 일종의 간담회가 있습니다. 그 대상이 다 몸과 맘이 아픈 분들이라 조금은 긴장이 되기도 하지만 그분들 안에 계신 예수님께 인사하는 마음으로 정성을 다하려고 합니다.

함께 시를 읽으며 대화하다 보면 낯선 얼굴도 금방 가깝게 여겨지리라 믿습니다. 오후엔 바닷가에 나가서 그분들이 좋아할 만한 맛있는 단팥빵을 사고 솔뫼 수녀님들이 보내준 허브차도 미리 준비해두었답니다.

'하루를 사는 일이 사람의 일이라서/ 우린 또 사람을 기다립니다./ 사람과 만나는 일 그것 또한/ 사람의 일이기 때문입니다.' 나직이 이 구절을 되뇌며 오늘도 제게 오는 사람을 기다립니다. 넓은 들판을 바라보며 들판의 영성을 살아가실 수녀님께 존경과 사랑을 전하며, 제가 좋아하는 이 짧은 시를 기도처럼 낭송해봅니다.

올라 갈 길이 없고
내려갈 길도 없는 들

그래서
넓이를 가지는 들

가진 것이 그것밖에 없어
더 넓은 들

―천양희, 「들」『나는 가끔 우두커니가 된다』

벌써 십 년이 넘었지만 제가 많이 아플 때 보여준 수녀님의 진정 어린 사랑과 배려를 늘 잊지 않고 있습니다. 사람을 더 많이 더 깊이 사랑하기 위해 스스로를 낮추며 겸손하게 열려 있는 사랑의 들판이 되기로 해요. 우리 함께 지금 여기서부터, 그리고 영원히!

밥처럼 따뜻한 책 속의 말들

행간을 지나온 말들이 밥처럼 따뜻하다
한 마디 말이 한 그릇 밥이 될 때
마음의 쌀 씻는 소리가 세상을 씻는다
글자들의 숨 쉬는 소리가 피 속을 지날 때
글자들은 제 뼈를 녹여 마음의 단백이 된다
서서 읽는 사람아
내가 의자가 되어줄게 내 위에 앉아라
우리 눈이 닿을 때까지 참고 기다린 글자들
말들이 마음의 건반 위를 뛰어다니는 것은
세계의 잠을 깨우는 언어의 발자국 소리다
엽록처럼 살아 있는 예지들이
책 밖으로 뛰어나와 불빛이 된다
글자들은 늘 신생을 꿈꾼다
마음의 쟁반에 담기는 한 알 비타민의 말들
책이라는 말이 세상을 가꾼다

—이기철, 「따뜻한 책」 『가장 따뜻한 책』

저는 요즘 이 시를 하루에 수십 번도 더 읽다가 시를 쓰신 시인 선생님께 아주 오랜만에 감사의 인사도 드렸습니다. 책이라는 주제를 가지고 어쩌면 이리도 멋진 표현을 할 수 있는지 그 통찰의 깊이가 부럽다는 말과 함께!

'우리 눈이 닿을 때까지 참고 기다린 글자들' '엽록처럼 살아 있는 예지들이/ 책 밖으로 뛰어나와 불빛이 된다'는 글귀에서 한참을 머물게 됩니다. 어린 시절부터 지금까지 제가 읽어온 수많은 책들에 대해 그리고 앞으로 읽어갈 책들에 대해 더욱 고마운 애정을 갖게 해준 이 시를 더 많은 사람들에게 소개해주고 싶습니다.

시인으로서 사십 년, 수도자로서 오십 년의 인생 여정을 잘 걸어오게 해준 비결을 누가 묻는다면 저는 서슴없이 책 덕분이라고 대답하겠습니다. 물론 주변 사람들의 이런저런 조언이나 가르침도 큰 도움이 된 게 사실이지만, 언제 어디서든 변함없이 '기댈 언덕' '숨은 보물섬'이 되어준 인생의 스승이며 친구이며 위로자는 꾸준히 읽어온 책들이었다고 말입니다.

제목만 먼저 읽어도 행복을 주는 책을 마음과 손에서 하루도 놓지 않는 삶이야말로 행복한 삶이 아닐까요. 방황할 때 길을 찾아주고 막막할 때 위로가 되어주며 공부할 땐 지혜의 문을 열어준 책들에게 참 고맙다는 인사를 다시 전하고 싶습니다. 책을 읽다가 마음에 드는 구절을 발견할 때면 다시 읽어볼 수 있게 연필로 밑줄을 긋기도 하고 더러는 필사해놓기도 합니다.

몇 년이 지나 다시 읽어도 가슴 뛰게 만드는 그 보물들을 잊을 수가 없어서 소임 이동 때도 버리지 못하고 계속 들고 다니곤 합니다. 지금 제 방에도 읽어야 할 책들이 많이 쌓여 있는데 일부러 구해놓고도 차일피일 미루고 있으면 책 속의 글자들이 빨리 읽어달라고 저를 재촉하는 것 같은 느낌을 받기도 합니다.

책도 다 스마트폰으로 보는 시대여서 그런지는 몰라도 전철이나 버스, 기차 안에서도 요즘은 종이책 읽는 사람을 거의 볼 수가 없습니다. 그래서 어디선가 누가 책을 들고 있는 모습을 보면 다가가서 정겨운 인사라도 건네고 싶은 심정입니다. 한때 큰 사랑을 받았던 책방이나 출판사들도 줄줄이 문을 닫고 한숨 쉬는 모습을 보면 얼마나 안타깝고 슬픈지요.

서울에서 부산까지 손님들이 오면 종종 보수동 헌책방이나 대형 중고 서점을 모시고 가는데 그저 어딘가 가만히 앉아서 책의 숨소리만 들어도 말할 수 없이 행복합니다. 어쩌다 저를 알아본 독자들이 정가보다 훨씬 싸게 구했다고 기뻐하면서 들고 온 제 책에 사인을 부탁하면 왠지 쑥스럽지만 정성을 다해 꾸며줍니다.

며칠 전엔 저도 한 책방에서 미니북으로 만들어놓은『데미안』과『빨강머리 앤』을 구입하고 선물로 주는 세계 지도도 함께 들고 오며 흐뭇했습니다. 침실이든 거실이든 부엌이든 집 안 어딘가에 자신만의 작은 서재를 만들어놓고 오며 가며 책을 읽는 기쁨을 가꾸어가는 우리가 되면 좋겠습니다.

일주일에 한 번쯤은 텔레비전을 끄고 가족끼리 둘러앉아 각자 선택한 애송시를 하나씩 골라 읽으며 모국어의 아름다움도 새롭게 느껴보는 시간을 갖는 건 어떨지요. 상상하는 것만으로도 마음이 따뜻하고 행복해집니다. 친지들끼리의 작은 모임에서도 최근에 읽은 책에서 가려 뽑은 좋은 글귀를 나눈다면 의식 없이 뒷담화하는 나쁜 습관도 조금씩 고칠 수 있을 것입니다.

「따뜻한 책」의 시구처럼 늘 '신생을 꿈꾸는 글자들'과 놀고 '마음의 쟁반에는 비타민이 되는 말들'을 담아 인간관계와 삶의 질을 높이는 영양사가 되도록 서로서로 독려하는 사람들이 됩시다! 우리 모두 책으로 밥을 먹고 책으로 꿈꾸는 '책 사랑의 책 사람'이 되기로 해요.

찾으면서 떠나는 여행길

우리의 삶은
늘 찾으면서 떠나고
찾으면서 끝나지

진부해서 지루했던
사랑의 표현도
새로이 해보고

달밤에 배꽃 지듯
흩날리며 사라졌던
나의 시간들도
새로이 사랑하며
걸어가는 여행길

어디엘 가면
행복을 만날까

이 세상 어디에도
집은 없는데……

집을 찾는 동안의 행복을
우리는 늘 놓치면서 사는 게 아닐까

—「여행길에서」『서로 사랑하면 언제라도 봄』

내내 하얀 수도복을 입다 검은 옷으로 바꾸어 입는 11월이 되면 저절로 숙연하고 차분해지는 마음입니다. 떨어지는 나뭇잎을 바라보며 시간의 엄숙함을 묵상하고 이별과 죽음의 의미를 새롭게 생각해보는 계절입니다. 가톨릭 전례력에서 특히 11월을 죽음 묵상의 달로 정한 이유를 알 것도 같습니다.

오늘 저는 꽤 오랜만에 수녀원 묘소에 다녀왔습니다. 유난히 달 밝은 밤이면 먼저 떠난 선배, 동료 수녀님들과 엄마, 언니가 사무치게 그리워서 "며칠만, 아니 몇 시간만이라도 잠시 무덤 속에서 나와 이곳을 다녀가면 안 되겠어요?"라고 물어본 순간들이 있었습니다.

올해도 예정보다 일찍 먼 길을 떠난 친지들이 많습니다. 남편을 먼저 떠나보낸 선배 언니를 직접 찾아가 위로해주리라 마음먹었는데 얼마 안 있어 그녀의 별세 소식을 들었고, 서로 연락은 자주 안 했지만 좋은 벗이었던 친구 신부님도 어느 날 갑자기 세상을 떠났다는 소식을 듣고 슬펐습니다. 더구나 아무도 없는 침방에서 혼자 운명했다니!

행여라도 방해되는 게 아닐까 싶어 우리 사무실에 살짝 과일이나 간식거리를 놓고 가던 피아니스트 선생님을 생전에 좀 더 자주 찾아뵙지 못하고 장례식에 가서 추모시를 낭송하게 됐을 때의 그 비통한 심정은 이루 말할 수가 없었습니다.

지금도 호스피스 병동에서 임종의 순간을 기다리는 이들, 말기암으로 시한부를 선고받고도 매일 의연하게 자신의 마지막을 담백한 표정으로 준비하는 친구 수녀를 바라보는 이 가을은 제게 많은 생각을 하게 해줍니다. 가끔은 저세상으로 먼저 떠난 이들이 살아 있는 이들을 가까이 연결시켜주는 경험을 하게 됩니다.

어느 후배 수녀님의 아버지가 별세한 후 그 수녀님의 어머니가 우리 공동체 앞으로 보낸 감사 편지 옆에 또 다른 편지 한 장이 동봉되어 있었습니다. 젊은 나이에 세상을 떠난 어느 자매의 빈소가 쓸쓸하니 기도 좀 해달라는 봉사자의 부탁을 받고 후배 수녀의 아버지를 위해 연도했던 수녀들 몇 명이 빈소에 찾아가 위령 기도를 해준 일이 있었는데, 그 일에 감동받은 고인의 남동생이 쓴 감사의 글이었습니다. 저는 편지를 쓴 두 주인공에게 사별 가족이 읽으면 좋을 책을 보냈고 그것이 인연이 되어 며칠 전엔 기도를 받은 고인의 어머니와 세 형제들이 수녀원을 방문한 길에 제 글방에도 들렀습니다. 처음 보는 이들이지만 저는 정답게 대하며 '죽은 이들이 산 이들을 이렇게 연결시켜주네요'라고 말하니 그들도 웃으며 공감했습니다.

어디론가 훌쩍 떠나고 싶다는 말을 유난히 많이 하게 되는 가을. 밖으로 나가는 단풍 여행도 좋지만 조용히 내면의 여행을 떠나는 것도 의미 있고 아름다운 일일 것입니다. 진리와 사랑과 평화를 찾아 떠나는 일상의 순례길에서 욕심을 비우고 겸손하게 자신을 내려놓는 연습을 충실히 하다보면 어느 날 저 멀리 떠나는 죽음 여행도 좀 더 잘 할 수 있지 않을까 생각해보는 가을입니다. 제가 쓴 시 「길을 떠날 때」의 한 구절을 다시 찾아 읽어봅니다.

　　여행길에 오르면 내가 아직 살아 있는 기쁨을 수없이 감사
하고, 서서히 죽어가는 슬픔을 또한 감사한다. 산, 나무, 강에
게 손을 흔들며 나는 들꽃처럼 숨어 피는 이웃을 생각한다.
숨어서도 향기로운 착한 이웃들에게 다정한 목례를 보낸다.

단추 이야기

며칠 전 옆자리의 어느 선배 수녀님이 솜씨는 없으나 만들어보았다면서 제게 회색빛 휴대전화 주머니를 선물로 건네주는데 거기에 장식으로 달려 있는 단추 한 개가 어찌나 아름답고 정겹던지요. 제 반짇고리 안의 단추들도 잘 있는지 안부가 궁금해 열어보니 그들이 빙긋이 웃어주는 것만 같았습니다.

한 설치미술가가 돌아가신 제 어머니가 모아둔 여러 종류의 단추로 작품을 만들어준다고 해서 그에게 단추 상자를 맡겨두었던 일이 문득 생각났습니다. 어머니는 이 상자를 소중히 여기며 옷의 앞뒤를 구분할 때, 액세서리처럼 살짝 멋을 내고 싶을 때 단추를 활용하곤 했습니다. "사람들이 몰라서 그렇지 단추는 얼마나 쓸모가 많은지 몰라" 하시던 '단추 예술가'로서의 제 어머니가 새삼 그립습니다.

십일 년 전 어머니를 향한 사모곡 시집에 이런 단상을 남기기도 했습니다.

오늘은 저도 엄마가 남겨주신 단추로 무언가를 만들어보려고 합니다
헝겊 모서리에 고운 단추 세 개 달아 컵 받침을 만들고

헝겊 가방에도 몇 개를 장식으로 달아보려고 합니다
때로는 단추를 종이에 붙이고
단추에 대한 시를 적어 선물한답니다
단추마다 기쁨과 사랑과 희망의 이름을 붙여서

**제가 썼지만 좋아하는 시들 중에 「단추를 달듯」이란 시
가 있습니다.**

떨어진 단추를
제자리에 달고 있는
나의 손등 위에
배시시 웃고 있는 고운 햇살

오늘이라는 새 옷 위에
나는 어떤 모양의 단추를 달까

산다는 일은
끊임없이 새 옷을 갈아입어도
떨어진 단추를 제자리에 달듯
평범한 일들의 연속이지

탄탄한 실을 바늘에 꿰어
하나의 단추를 달듯
제자리를 찾으며 살아야겠네

보는 이 없어도
함부로 살아버릴 수 없는
나의 삶을 확인하며
단추를 다는 이 시간

그리 낯설던 행복이
가까이 웃고 있네

　　―「단추를 달듯」『오늘은 내가 반달로 떠도』

　어느 날 햇살이 잘 들어오는 침방에서 조용히 단추를 다
는 그 순간의 행복을 노래한 이 시는 오랫동안 많은 독자들
의 사랑을 받았습니다. 늘 이렇게 단추를 달 때의 소박한 정
성과 겸손한 마음으로 매일을 살고 싶습니다. 나는 권영상
시인의 「단춧구멍」이란 시도 자주 읽어봅니다.

단추가 떨어져 나간 뒤에야
처음으로 단춧구멍을 봤다.

매일
거울 앞에 서서
옷을 입으면서도

단추 뒤에 감추어지는
단춧구멍을 본 적이 없는데

단추가 떨어져나간 옷을 입고
돌아올 때에야
처음으로 단춧구멍을 봤다.

늘 단추 뒤에 가리어만 살아
부끄럼을 잘 타는 단춧구멍.
그 빈 단춧구멍 하나가
아무 일 없이 다니던 이 길을
이토록 부끄럽게 할 줄이야.

—권영상, 「단춧구멍」 『권영상 동시선집』

'늘 단추 뒤에 가리어만 살아 부끄럼을 잘 타는 단춧구멍'
이란 표현과 그 단춧구멍 한 개가 자신을 부끄럽게 만들었
다는 시인의 표현을 몇 번이고 되새겨보게 됩니다. 살아오면
서 혹시 나의 무심함으로 잊히거나, 서운하게 만든 친지나
이웃은 없는지 성찰하는 마음으로 이 시를 읽어봅니다. 사
랑은 그 누구도 내칠 수 없는 '겸손한 포용'이며 마음의 눈
을 뜨고 끊임없이 섬세한 주의를 기울여야 하는 '새로운 발
견'의 기쁨임을 이 한 편의 시가 차분히 깨닫게 해줍니다.

누군가의 버팀목이 되기 위하여

어린 시절부터 지금까지 저는 시를 통해 참 많은 기쁨과 위로를 받았습니다. 시를 쓰는 기쁨도 크지만 시를 읽는 기쁨이야말로 언제나 저의 평상심과 환희를 채워주는 부담 없는 선물로 다가오곤 합니다. 지난 수십 년간 발표한 제 시들은 그리 대단한 게 아닌데도 책 속의 어느 시 한 편을 보고 희망과 위로를 얻었다면서 수많은 독자들이 편지를 보내옵니다. 그분들의 정성과 사랑을 잊을 수 없습니다.

어떤 사연은 하도 간절하고 감동이 밀려와 제가 힘들 적마다 다시 살아갈 힘을 주곤 했습니다. 얼굴 한번 본 적 없어도 시를 통해 우리는 금방 친구가 될 수 있었지요. 가끔은 제 시들을 골라서 캘리그라퍼로 아름답게 꾸민 필사 노트를 보내주는 분들도 있는데 다시 읽어보면 처음 본 듯 새로운 느낌이 들곤 했습니다.

새해에도 보물찾기 하듯 좋은 시를 읽으리라 고운 다짐을 하면서 멀리 있지만 가까운 독자들에게 함께 읽고 싶은 시 한 편을 소개하려고 합니다. 오늘은 고등학교 교과서에도 실렸다는 복효근 시인의 「버팀목에 대하여」라는 시를 함께 읽고 싶네요.

태풍에 쓰러진 나무를 고쳐 심고

각목으로 버팀목을 세웠습니다
산 나무가 죽은 나무에 기대어 섰습니다

그렇듯 얼마간 죽음에 빚진 채 삶은
싹이 트고 다시
잔뿌리를 내립니다

꽃을 피우고 꽃잎 몇 개
뿌려주기도 하지만
버팀목은 이윽고 삭아 없어지고

큰바람 불어와도 나무는 눕지 않습니다
이제는
사라진 것이 나무를 버티고 있기 때문입니다

내가 허위허위 길 가다가
만져보면 죽은 아버지가 버팀목으로 만져지고
사라진 이웃들도 만져집니다

언젠가 누군가의 버팀목이 되기 위하여
나는 싹 틔우고 꽃 피우며
살아가는지도 모릅니다

―복효근, 「버팀목에 대하여」 『새에 대한 반성문』

오늘은 기일을 맞은 어느 수녀님을 위해 기도하러 묘원에 갔다 그곳에 묻힌 수도 가족들을 기억하며 이 시를 읽었습니다. 가슴이 뭉클하고 눈물겨웠습니다. '그리스도의 평화 속에 영원한 안식을 누리는 우리 형제들과 공동체와의 결합은 끝나지 않는다'는 수녀회 회헌(회칙)의 말이 시인의 표현 속에 그대로 사무쳐왔습니다.

지상에서의 소임을 다 마치고 지금은 평온히 누워 계신 우리 수녀님들이 여기 남아 있는 우리를 받쳐주고 있는 버팀목이구나 하는 생각 또한 새로웠습니다. '이제는 사라진 것이 나무를 버티고'라는 구절을 마음속에 되새기며 산을 내려왔습니다.

지난 일 년의 삼 분의 일을 병원에 있으면서 아픔과 동행하다 보니 저 나름대로 깨우친 것이 몇 가지 있습니다. 그중 하나가 우리는 몸이든 마음이든 다 어딘가 조금씩 아픈 존재라는 것, 그래서 어떤 모양으로든지 위로가 필요하다는 것입니다. 병실에서도 환자는 보호자를, 보호자는 환자를 서로서로 위로하는 가운데 사랑이 깊어지고 평화가 옵니다.

세상이 아무리 힘들고 고단해도, 사람들의 마음이 아무리 거칠고 각박해졌다 해도 단순하고 따스한 한마디의 말, 온유와 친절이 스며든 한마디 위로의 말 앞에서는 다들 마음이 순해지고 착해지기 마련입니다. "괜찮으세요? 좀 어떠세요? 힘을 내세요, 빨리 나아야할 텐데! 기도할게요" 이렇게 평범한 말들이 병원에 있는 동안 얼마나 고맙고 새롭게 들렸는지 모릅니다. 너무 많이 아플 때도 찡그리지 않고 웃는 얼굴로 평상심을 지닐 수 있었던 것은 주변의 지인들이 건넨 덕담과 위로의 말들 덕분이었습니다. '세상엔 나보다 더 아픈 이들이 얼마나 많은데?' 하면서 기도하니 아픔 중에도 잠시 마음이 맑아지고 표정이 밝아지곤 했습니다.

이제 다시 시간의 선물을 안고 새해가 밝아오겠지요. 새해엔 우리 모두 '누군가의 버팀목이 되기 위하여' 좀 더 겸손해지기로 해요. 보다 큰 사랑을 위해 조금만 더 낮아지는 연습을 하기로 해요. 겸손하고 낮아지려면 하루에도 몇 번씩 잘 죽는 연습을 해야겠지요? 이기심에서 이타심으로 방향을 돌리는 일이 그리 쉬운 것은 아니기에 끊임없는 노력이 필요할 것입니다.

며칠 전 택시를 탔는데 기사님이 저더러 "보아하니 나이도 꽤 있는 것 같은데 계급이 무어냐?"고 물어 아무 계급도 아니라고, 그러나 수도자로서 오십 년 이상을 살았으니 이젠 원로에 속하긴 한다고 대답한 일이 있습니다. '나는 진정 버팀목이 될 수 있는 원로인가?' 자문하며 부끄럼이 앞서는 순간이었지만 지금껏 살아온 시간들이 스스로 대견해 빙긋 웃었습니다.

아주 작은 몫이나마 누군가의 버팀목이 되기 위해 겸손과 인내의 마음을 더 열심히 실천해야겠다 다짐하며 두 손 모으는 지금, 잎사귀를 다 떨구고 앙상하게 서 있는 성당 앞 느티나무 한 그루가 격려의 눈길을 보내오니 참으로 든든하고 행복합니다.

그 사랑 놓치지 마라

이 인터뷰는 『그 사랑 놓치지 마라』 출간에 맞춰 진행됐다. 인터뷰어 안희경은 재미 저널리스트다. 2002년 미국으로 이주한 뒤 서구의 문명사적 성찰과 대안 모색을 소개하는 글을 쓰고 있다. 『사피엔스의 마음』 『어크로스 페미니즘』 『문명, 그 길을 묻다』 『하나의 생각이 세상을 바꾼다』 『여기, 아티스트가 있다』 등 다수의 저서와 번역서를 펴냈다.

사랑으로 연결 지어질
나와 당신

이해인 수녀님과는 1997년 불교방송 성탄절 특집 인터뷰를 준비하며 첫 만남을 가졌고, 인연을 이어왔다. 수녀님과의 두 번째 인터뷰는 2015년 경향신문에 <문명, 인간이 만드는 길—세계 지성과의 대담> 시리즈를 연재하며 이뤄졌다. 스티븐 핑커, 지그문트 바우만, 마루야마 겐지 등과 함께 21세기 인간의 마음은 어떻게 작용하는지 짚어가는 코너였고, 종림 스님과 함께 이해인 수녀님을 한국 대표로 인터뷰했다. 세월호 2주기를 맞는 시기, 점점 더 경쟁이 치열해져 가는 아픈 시대를 사는 마음에 대해 깊은 성찰을 갖는 자리였다. 그리고 2019년 10월 19일, 이해인 수녀님의 새 책 『그 사랑 놓치지 마라』 출간을 앞두고 인터뷰를 갖는다.

부산 광안리에 위치한 성 베네딕도 수녀원. 이해인 수녀님이 오십여 년 동안 수도자의 삶을 이어가는 곳이다. 수녀님의 책상이 자리한 민들레방에는 전국 각지에서 보내오는 택배 상자와 해외에서도 쉼 없이 도착하는 편지들로 가득하다. 마치 우편 집중국처럼 그 안에서 수녀님은 택배 상자를 풀어 다시 도움이 필요한 곳들로 선물을 나눈다. 책상 위에는 스티커를 붙이고 색연필로 꾸민 수녀님의 답장 편지들이 쌓여 있다. 바닷가에서 주워 온 조개껍데기도 한 움큼이다. 순간이지만 마음에 휴식을 주어 고통에서 한 구비 돌아 나가도록, 말씀 한 구절을 종이에 적어 돌돌 말아 조개껍데기 안에 붙여 놓았다. 힘든 시절을 견디는 이들에게 사탕처럼 쥐여 주고자 틈틈이 쟁여 놓은 수녀님의 '사랑'이다. 오십여 년 동안 아픔이 있는 곳에 함께하고자 몸으로 글로 실천해온 이해인 수녀님과 사랑으로 연결 지어질 '나와 타인, 나와 세상과의 관계'를 이야기했다.

"사랑은 기다림이고 맞아주는 마음"

수녀님, 오늘은 또 어떤 발견을 하셨나요? 어떻게 지내시는지 궁금합니다.

아침에 침소에서 나오며 신발을 신을 적마다 '아! 나는 시간 속의 삶을 신는구나' 하는 느낌을 받습니다. 매일이 새롭죠. 엊그제는 대구에 강의가 있어 다녀와야 했는데, 마침 새로 받은 운동화가 있어 새 신을 신고 갔어요. 처음 뵙는 분들에게 강의를 하고, 함께 사진도 찍고 차를 마시며 담소도 나눴어요. 그러다 보니 거의 밤 11시가 돼서야 분원 공동체로 가게 됐습니다. 수녀원은 마지막 기도 시간이 8시라서 10시가 넘으면 아주 늦은 시간인데요. 못 들어가면 어쩌나 불안했죠. 그런데

수녀님들이 다 모여서 저를 기다려주신 거예요. 제가
머물 방에는 별 스티커를 붙여 꽃봉오리 모양을 만들고
거기에 색연필로 색칠한 아기자기한 환영 카드까지
만들어놓고서요. 아! 사랑은 기다림이고 맞아주는
마음이구나. 사랑이 드러나는 모습을 또 그렇게
발견했어요. 마음 한 편이 따뜻해졌습니다.

우리는 그 따뜻해진 마음에서 살아가는 힘을 얻는
것 같은데요. 수녀님, 마음이란 무엇일까요?
마음이란 저를 살게 하는 뿌리 같아요. 뿌리가
흔들리면 나무 전체가 위태로워질 뿐 아니라 그 주변도
불안해지죠. 그래서 조심조심 다뤄야 한다고 생각합니다.
그렇게 내 마음이 우선 안정되면 바깥의 현상에도 더
민감하게 조응할 수 있고요. 더 진한 감동, 더 세밀한
감사가 일어나죠. 마음은 강이 되기도 하고 바다가
되기도 해요. 무한대로 흘러갈 수 있습니다. 선한 마음,
사랑의 마음으로 세상을 더 낫게 만들거나 구원할 수
있어요.

지난 몇 달 동안 한국인의 마음은 갈라진 광장 속에
서 소용돌이치고 있습니다.
전에도 갈등이 있긴 했죠. 하지만 이 정도는 아니었던
것 같아요. 편이 갈리고 서로를 증오하는 분위기 속에서
흥분하고 대립하고 있으니 안타깝습니다. '공동선을 함께

지향할 수 있는 방법이 무엇일까? 기도 외에 나는 어떤 노력을 해야 할까?' 숙고해보는 요즘이에요.

"판단은 보류하고 사랑은 빨리하라"

진영 논리 속에서 혐오도 커져 가고, 친구 사이마저 멀어졌다는 이야기를 종종 듣습니다.

제가 종교학에서 배운 이론 가운데 '판단 보류의 영성'이라는 것이 있습니다. '판단은 보류하고 사랑은 빨리하라.' 함부로 남을 평가하지 말라는 말이죠. 남을 탓하기 전에 자신을 보는 거예요. 제가 얻은 결론이 '사람이 다 비슷비슷한데, 잘나면 얼마나 잘났을까. 인간이 한 세상 사는 동안 서로 연민하며 사는 것밖에 없다' 입니다. 거룩함, 옳음에 대한 개념도 지혜롭게 생각해야 해요. 우리는 보이는 부분만 가지고 판단하는 경우가 많습니다. 어떤 사람이 미사 시간에 모자를 쓰고 앉아 있을 때 무례하다고 욕하는 사람이 있었어요. 혼자만 불평하고 말면 다행인데, 여기저기 불만을 옮기더군요. 안타까웠습니다. 우리는 그 사람이 왜 모자를 썼는지 그 순간의 모습만으로는 알 수가 없어요. 항암 치료를 받아 머리가 다 빠져 있는 사람에게 무례하다고 손가락질 하는 걸 수도 있잖아요. 겸손이 필요합니다. 타인에게 친척처럼 열려 있는 마음이요. 저는 그 마음이 우리 안에 달빛같이 스며들 때, 그곳에

바로 하느님이 현존하신다고 생각해요. 어디 멀리 계신
것이 아니라. 특히 수도 생활을 하는 사람은 아무리
능력이 많아도 남을 함부로 판단하지 않고 인정해주는
겸손, 자기의 약점을 항상 자랑할 수 있는 겸손을 가져야
하죠.

약점을 자랑한다고요?
성경에 사도 바오로가 '내가 자랑할 것은 약점밖에
없다'라고 말씀하는 구절이 나와요. 아! 약점을 자랑하는
용기가 있으면 살겠구나. 언제나 망신당할 각오가 있는
사람들은 제 몫을 해나가죠.

드러내도 괜찮을 정도의 약점만 드러내는 영리한 겸
손도 있습니다.
진짜 겸손은 밑바닥까지 내려가는 거예요.

그래도 이 사회에서 안전할까요?
마침내는 그렇게 봐주는 사회가 되어야지요. 하지만 우리
사회 지도자들도 약점을 자랑할 용기가 부족하죠. 다들
자신은 괜찮고, 남을 탓하고. 일본 지도자들도 한번쯤
제대로 사과를 하면 될 텐데…… 못하죠. 인간이 참
자기도 모르게 어리석다고나 할까요. 오히려 어리석은
용기가 필요한데 못 내려놓습니다. 김수환 추기경님은
"나는 말로만 가난한 사람들을 위한다고 하고 같이

살아보질 못해 그에 대한 부끄러움이 있다"며 자신을 탓했어요. 항상 그 말씀을 하셨습니다. '아! 저분은 어리석음과 약점을 드러내놓고 사시는구나, 교회 최고 지도자이시지만 참 겸손하구나, 닮고 싶다'라고 생각했습니다.

사랑받고 사랑하는 묘책을 알려주세요. 소셜네트워크서비스(SNS) 소통이 활발한 시대인데도 현실에서는 서로 관계를 맺기 어려워 몸을 사리곤 합니다.

사랑에 대해서 말하고 글로 쓰긴 쉬워요. 실천이 여간 어려운 게 아니죠. 사랑의 실천은 결국 인간관계와 직결되는데요. 사랑받는 비결은 마음에 안 내킬 때도 먼저 다가가는 용기예요. 사랑하는 비결은 상대가 원할 만한 것을 먼저 헤아려서 기쁨을 주는 지혜라고 생각합니다. 아주 평범하고 사소한 것에서부터 이를 실천하면 차츰 넓어지는 사랑을 체험할 수 있을 거예요.

오히려 그 반대라고 생각했어요. 사랑받는 비결이 먼저 다가가는 용기라는 점을 곱씹어보게 됩니다.

사랑을 실천하기 위해서는 하고 싶지만 하지 말아야 할 것과 하기 싫지만 꼭 해야 할 것을 잘 분별할 줄 알아야 합니다. 늘 자신을 객관화시켜서 심판대에 올려놓아야죠. 그다음에 해야 할 책임의 당위성을 부여하는 겁니다. 문제는 하고 싶지만 하면 안 될 일을 실천하는 건데요.

그 마음이 잘 다잡아지지 않을 땐 기도를 하면 좋아요.
용기를 청하며 내적으로 선한 싸움을 시작하는 거예요.
승리를 얻도록요.

"살아서 남겨 놓은 사랑은 죽지 않는 거야"

겨울이 다가옵니다. 나이가 들면서 겨울은 제게 두려
움을 주는데요. 어르신들이 많이 돌아가시는 때라는
걸 알고 난 다음부터입니다. 사랑하는 사람을 잃는
다는 것이 무서워요. 그리고 저도 죽는다는 사실에
점점 겁먹게 되고요.
가까운 친지들의 죽음을 목격할 때마다 문득 더
엄숙해지고 조금은 우울해지면서 죽음에 대한 두려움이
밀려와요. 특히 요즘은 더욱 그렇습니다. 그래서 선한
결심을 더 자주 합니다. '내 남은 날들의 첫날인 오늘을
더 열심히 살아야지, 하루 한 순간을 허투루 쓰지 말고
매일 대하는 이들을 처음 본 듯이 새롭게 사랑해야지'
이렇게요. 죽음은 누구나 예외가 없잖아요? 그렇기에
저는 이왕이면 기쁘게 맞고 싶어요. 우선은 일상
안에서의 작은 죽음, 그러니까 몸과 마음의 고통, 시련,
또 인내가 필요한 일부터 잘 연습하는 지혜를 달라고
기도합니다.

다들 피하고 싶어 하는 괴로움을 작은 죽음을 맞는

연습이라고 하셨는데요. 어떻게 맞이해야 할까요?

우리가 비교급에서 조금만 탈피하면 삶이 달라질
수 있어요. 어떤 사람은 객관적으로 굉장히 불행한
상황인데도 잘 헤쳐 나오고, 나무랄 데 없이 다
갖췄으면서도 끊임없이 울적하다고 힘들어하는 사람이
있죠. 그래서 저는 '어둡다고 불평하는 것보다 촛불 한
개라도 켜는 것이 낫다'라는 중국 격언을 좋아합니다.
긍정적인 행동 하나가 희망의 촛불일 수 있거든요. 또
넝마주이들과 일생을 사랑으로 함께한 아베 피에르
신부님의 말 중에 앞에서도 언급했던 '삶이란 사랑하기
위해 주어진 얼마간의 자유 시간'이라는 말도 가슴에
새기고 있습니다.

어느 날이었어요. 우리 수도원의 구름다리 길을
걸어가는데, 광안리 바다에서 해가 올라와 눈을 못
뜨겠더라고요. 햇빛에 눈이 부셔서요. 문득 해 아래 사는
기쁨이 생각났습니다. 그 제목으로 글도 썼죠. 아! 산다고
하는 것은 이런 햇빛과 함께 있는 것이구나. 달과 해를
통해서 우주 만물의 신비를 깨닫고 모든 지구상의 인간이
연결되는구나.

수녀님의 삶에서 건진 가장 귀한 깨우침은 무엇일까
요?

'그럼에도 불구하고 모든 것은 다 지나간다'라고 할까요.
지금도 저는 조금씩 깨달아가는 과정 속에 있는데요.

제가 쓴 「시간의 얼굴」이란 산문시에 '죽음이 모든 것을
무無로 돌린다 해도 진실히 사랑했던 그 시간만은 영원히
남지'라는 구절이 있어요. 이 말을 넣어 누가 엽서를
만들어주었는데 되풀이해 읽으면서 '그래. 내가 죽더라도
살아서 남겨 놓은 사랑은 죽지 않는 거야. 지상과 천상을
이어주는 게 바로 사랑인 거야' 하는 생각을 합니다. 며칠
전 어머니의 묘소에 가서도 그런 생각이 들었습니다.
결국 산다는 것은 사랑하는 것이고 죽어서도 그 사랑은
자신이 사랑을 주고받던 이들 안에서 계속되는 신비라고!

끝으로 이 글을 읽는 독자들에게 무언가를 할 수 있
는 딱 한 시간이 주어진다면 그 시간을 어떻게 보내
라고 조언하시겠어요?

지금껏 살아오면서 내가 들었던 말 가운데 가장 힘과
용기가 됐던 열 가지를 적고, 그 말을 해준 사람을 위해
잠시 기도하고 명상하는 시간을 가져보라고 권하고
싶네요.

6년 전 겨울이었다. 서울에서 수녀님의 말씀을 듣는
모임을 마치고, 의왕 성 라자로 마을의 임시 거처로
수녀님을 모셔다드린 적이 있다. 어둠은 일찍 내렸고,
달빛은 희미했다. 오솔길을 올라가 다다르는 객방이
라 "어서 집에 가라"는 재촉을 거스르고 수녀님의
팔짱을 끼며 길 안내를 했다. 50미터도 안 되는 거리

였다. 수녀님은 세 번을 멈췄고 숨을 골랐으며 미간을 펴지 못했다. 낮 동안 줄곧 타인의 아픔을 거둬들여 명랑함으로 거슬러주던 수녀님이었다. 문 앞에서 나를 돌려세우며 한마디 건네셨다. 이제, 통증은 당신 삶의 일부이니 별일 아니라고.

사랑과 겸손은 행동이었다. "살아서 남겨 놓은 사랑은 죽지 않는 거야"라는 수녀님의 말이 바로 희망을 만드는 구체적인 방법이었음을 가슴으로 새겨본다.

안희경(저널리스트)

평온하게 나를 다독이는
수녀님의 시를 사랑합니다

오늘 아침도 아이들을 깨워 씻기고 먹여 학교에
보냅니다. 남편이 출근한 뒤 홀로 식탁에 앉아 수녀님의
시를 읽어봅니다.

> 눈부시게 아름다운
> 흰 종이에
> 손을 베었다
>
> 종이가 나의 손을
> 살짝 스쳐간 것뿐인데도
> 피가 나다니
> 쓰라리다니
>
> 나는 이제
> 가벼운 종이도
> 조심조심
> 무겁게 다루어야지
> 다짐해본다

세상에 그 무엇도
실상 가벼운 것은 없다고
생각하고 또 생각하면서—

내가 생각 없이 내뱉은
가벼운 말들이
남을 피 흘리게 한 일은 없었는지
반성하고 또 반성하면서—

—「종이에 손을 베고」『희망은 깨어 있네』

얼마 전 여성 연예인이 스스로 목숨을 끊었다는 뉴스를
보았습니다. 근거 없는 말과 험한 댓글로 오랫동안
힘들었다는 이야기를 듣고 마음이 아팠습니다. 이런
슬픈 일이 있을까요. 저도 마음이 혼란스러울 때가
있습니다. 이상한 오해와 쉽게 단정 짓는 말들이 내게
던져지는 순간이 있지요. 그럴 때마다 조용히 수녀님의
시와 말씀을 새겼습니다. 평온하게 나를 다독이는 시들을
읽으며 "괜찮다, 괜찮아"라고 위로받았습니다.
일찍 연예계에 들어와 거침없이 일만 보고 달릴 때도,
결혼 후 두 아이, 한 남자와 가정을 꾸려 살고 있는
지금도 변함없이 곁에는 수녀님 시집이 있습니다.
배우로서 아내로서 엄마로서 인간관계가 넓어질수록
사람을 소중하게 생각하게 되었습니다. 그래서 제 가까운

사람들에게 상처 주고 싶지 않습니다. 스쳐 지나가듯
가볍게 한 말이 그 사람에게 쓰린 상처가 된다는 것을
명심하고 있습니다. '내가 생각 없이 내뱉은/ 가벼운
말들이/ 남을 피 흘리게 한 일은 없었는지/ 반성하고 또
반성하면서—' 수녀님 시구를 외우다시피 합니다.

차가운 공기를 가르는 아침 햇살 아래 수녀님의 시를
읽으니 마음이 풀어져 졸리기까지 합니다. 제게 언제나
등을 토닥여주시는 수녀님. 이 평온한 마음을 안겨주는
수녀님의 시를 사랑합니다.
이번 겨울에도 수녀님의 새로운 책
『그 사랑 놓치지 마라』를 아침 식탁에서 읽겠습니다.
한 장 한 장 넘기며 마음을 내려놓고 싶습니다.
다른 분들도 저처럼 위로받기를
진심으로 바랍니다.

이영애 (영화배우)